在河之西

万有文 著

ZAI HE ZHI XI

十多年前,
我用发现者的眼光一遍遍地
在张掖大地上逡巡,
只为寻找那一个个
埋藏在土地之下的"精灵"之物。

成都时代出版社
CHENGDU TIMES PRESS

图书在版编目（CIP）数据

在河之西 / 万有文著. -- 成都：成都时代出版社，2021.9

ISBN 978-7-5464-2838-3

Ⅰ.①在… Ⅱ.①万… Ⅲ.①散文集-中国-当代 Ⅳ.①I267

中国版本图书馆 CIP 数据核字（2021）第 115782 号

在河之西
ZAI HE ZHI XI

万有文 著

出 品 人	达 海
责任编辑	周 慧
责任校对	张 旭
责任印制	张 露

出版发行	成都时代出版社
服务电话	（028）86621237（编辑部）
	（028）86615250（发行部）
网　　址	www.chengdusd.com
印　　刷	三河市嵩川印刷有限公司
规　　格	880mm×1230mm　1/32
印　　张	5.875
字　　数	160 千字
版　　次	2021 年 9 月第 1 版
印　　次	2021 年 9 月第 1 次印刷
书　　号	ISBN 978-7-5464-2838-3
定　　价	68.00 元

著作权所有·违者必究
本书若出现印装质量问题，请与工厂联系，电话（0316）3650395

目录 CONTENTS

上篇　风物篇

妖娆的张掖彩陶 003
黑河编年史 009
"福地"高台 019
千年马蹄寺 025
它们的语言 031
临泽印象 033
马尾湖上好风光 037
高台之台 041
终见敦煌 049
美丽七彩丹霞 055
淳朴的罗城 059

水行胭脂 062

寻找野糜子湾的美 065

一声马嘶 069

美丽的黑河滩 075

今朝酒泉 078

祁连山下话民乐 081

那一片梦境之地——马尾湖 087

孤独的城 090

兰州印象 093

暗殇马蹄寺 097

夜宿在水一方 101

老家的土炕 104

中篇　叙事篇

冬雪悄来 109

那片夜色，那片绿 120

在荒凉里，我落荒而逃 123

我们都有一个淡蓝色的梦 128

残缺的早晨 134

我们的端午节 138

回忆是时间的窗口 141

市井之声 143

从零开始 145

毕业 151

神秘而美丽的文学世界 160

下篇　人物篇

岳父家的老骡子 165
老布头的夜 168
灯下母亲 176
怀念外婆 179
乡村的背影 181

风物篇

⊙ 在河之西 ZAI HE ZHI XI

妖娆的张掖彩陶

十多年前,我用发现者的眼光一遍遍地在张掖大地上逡巡,只为寻找那一个个埋藏在土地之下的"精灵"之物。我翻遍了诸多的资料,在一行行解说里去想象它妖娆的身形,那一个个让人惊叹不已的美丽形象。

当它们从土地之下被挖掘出来以后,被放在那些玻璃展柜里,俨然新生的婴儿,叫人怜惜。虽然色彩已不鲜艳了,或有了一些残缺,但在世上绝无仅有。我们反复翻看,好像怎么看都看不够,爱不释手,是被它的美所吸引,还是被它静静的孤傲所感动?

你看那一个,器形浑厚、大器,它就那么站立着,俨然有将军指挥千军万马的气势。那黑色的线条恰到好处,网格化地呈现出它那个时代特有的美。这说明那个时代的人们已对几何图形有了初步的认识,几乎任何一个陶器之上都能找到这样或那样的几何图案——网格化的、圆形的、菱形的、三角形的、方形的等,似乎这是他们日常生活中最伟大的发现,无处不在地体现着这一发现。

除这些几何图形外,还有一种图案是经常出现的,那就是人纹图,这是远古时期彩陶中常见的一种图案。张掖的彩陶中也不乏其例。

在张掖市民乐县的东灰山遗址还发现了大量的谷物碳化物,

说明在此地曾有过大量的粮食种植。据考古专家经过C14鉴定，民乐县东灰山遗址中的谷物距今约4500年。这说明在张掖4500年前就已经开始了农业种植，而且谷物的种类不拘于一种，有粟、高粱、小麦、大麦等，说明张掖的农业当时在技术上已经相当成熟。

农业社会的开始，也是人类结束游牧、定居生活的肇始，人们不再四处漂泊。定居之后，由于生活的需要，陶器成为一种必需品。这是当时社会发展的一种产物。陶器用来煮饭、喝水、打水、酿酒。这些陶器有大有小，大到有半人高，小到像喝酒的口杯。有椭圆形的、方形的、人形的，有瓮、罐、钵、鼎、壶、盆、杯，有可以用头顶的，用手拿的，还有手提肩扛的……总之，形状、用途都是不一样的。这些陶器大多是从墓葬中发现的，被当作冥器陪葬。

张掖最早的陶器为新石器末期四坝文化类型马厂彩陶。大多为红陶，是用本地红土烧制而成。在今天，民乐县灰山子遗址的高台上还散布着诸多陶片。不但在灰山子遗址，在张掖的黑水国遗址、张掖山丹的四坝滩和壕北滩遗址、张掖高台的六洋坝遗址等都发现了大量的彩陶。而且张掖发现的这些彩陶大多和仰韶文化马厂期彩陶较为接近，是甘肃仰韶文化发展而来的佐证。

在文化的发展上，张掖始终占据着主动性。张掖自古都是少数民族杂居之地，是人口的融合器，也是文化的融合之地。东西方文化在这一地区交流融合后，又向东或向西传输，继而在东西方发展成不一样的两种文化。而在经济上和军事上则是扼据驻守的关键地区，贸易交流在这一地区广泛开展，这里也是"丝绸之路"的重要驿站。从民乐东灰山遗址中小麦的发现，以及陶器的表现形式就可以隐约看到两地区这种文化交流的最初形态。像东灰山遗址中发现的三角形顶盖是一种中亚文化的产物，而并非单纯的中国的文化形式。

新石器时期马厂文化类型彩陶在张掖的广泛分布，说明了在远古时期张掖就已经开始了人类活动。而这一时期的彩陶尤其在东灰山遗址、高台六洋坝遗址中大量出现过。像东、西灰山这样两个相邻的较大的部落来说，出现这样种类繁多的陶器并非偶然，而且很有可能存在陶器制作的作坊或窑址。在高台六洋坝遗址中，曾在20世纪70年代发现了上千件陶器，有一些不完整或是没有烧制的，据后来一些专家推测那里可能存在烧陶的窑址。当时这些彩陶中一些较为完整的陶器被当地农民带回家中日常生活使用，保存下来较为完整的几件陶器则都是从新坝六洋村村民那里收来的。其中一件还被当地农户当作香炉，一直供奉在家中的供桌上。可惜的是，当时只有少数彩陶被农户带走，剩余的全部被打碎。而后来被农户带走的那些大多也没有幸免于难，被打碎后扔掉了。这可以说是一次文化的灾难，是一次对文化极大的破坏。

除新石器彩陶之外，在张掖分布最多的就是汉代和魏晋灰陶了。其中在张掖黑水国遗址、高台骆驼城遗址、许三湾遗址中挖掘出大量的灰陶和灰质彩陶。现在在临泽县建起的河西民俗博览园中展出的大量灰陶，据称大多都出自张掖黑水国遗址，并以陶瓮、罐、壶为最多。高台县骆驼城出土的陶器也基本相似，同样为墓葬陪葬品。但在骆驼城、许三湾出土的陶器中发现了许多龙纹或云纹彩陶。虽然画面颜色并不非常丰富，仅仅只有红白两种颜色，但整个画面显得简约大方。云纹一般呈白色，以红色落底，这样整个画面就更加清晰了。

这一时期的陶器，更多在器型上有了进步，除瓮、罐、盆、壶、杯之外，还出现了盘、火盆、炉灶、粮仓、陶井、鼎等陶制品，不过这些很多是把陶器比例缩小，作为冥器出现，比如粮仓、炉灶、陶井，这些都是反映当时社会状况的一个很好证明。从这些更加丰富的陶器用品来看，张掖当时的农业技术发展已经非常迅猛，比如陶井的出现，说明当时人们已经会打建水井，水井的使用成为当时社会生活中不可缺少的一部分。而粮仓的出现，说明人们的粮食储备已经非常丰裕，不像新石器时期仅仅只够温饱。汉或魏晋时期，张掖农业得到了迅猛发展。这得益于汉武帝凿空西域后，在河西设立四郡，以及汉王朝实施的移民政策促进了这一地区的开发，使得河西成为当时全国较为富足的地区。

这也是高台县骆驼城为什么出现如此多的墓葬陶器的原因。而且就在骆驼城村西南，发现了汉及魏晋时期的烧窑遗址，被当地人称为九座窑，因有九个陶窑而得名，说明当时这里的制陶已经有了相当的规模。在高台县博物馆中复原的烧窑场景可以看出，当时的制陶场面宏大，工艺流程明确，工匠们各司其职、拉土的、和泥的、制坯的、烧窑的，各项工作井然有序。从这里烧出的陶，一方面供魏晋时期的骆驼城人日常生活使用，还有一部分则用作陪葬品。有些器物，如死者生前使用过的陶器有一些会被当成陪葬品，还有一些则被缩小比例放入墓中。这些都是当时丧葬风俗的体现，也是当时文化形态的体现。在骆驼城墓葬中发掘的两个灰陶鼎，器型大气，完美。骆驼城墓葬中出土的不光有灰陶鼎，还有各种祭祀的悼文、棺板画、壁画砖，都反映了这一时期宗教祭祀的内容。现代生活中仍然在寺庙中或家中焚香祭祀，而在汉代和魏晋时期已经大范围存在了。这是一种在物质生活满足以后，精神世界得到开拓的体现。而焚香祭祀，又是在人祭、畜祭的基础上文明程度的进一步发展。在张掖新石器时期遗址中则从来没有发现有类似器物出现，说明当时人们的精神世界和文明程度还没有发展到如此程度。

另外，汉代、魏晋时期的张掖陶器不只是平面构图，还出现了浮雕、阴线，这样使画面更加具有立体感。在一些墓葬中出土的浮雕壁画砖，以及檐头雕砖、墙头或屋顶构建砖，都已经摆脱了平面构图的模式，这些陶制砖，一部分是房屋建筑审美的需要，另一部分则是信仰风俗的体现。比如在墓葬中出现的神人壁画砖、方相氏壁画砖、青龙、白虎、朱雀、玄武四兽图壁画砖，这些是作为镇墓需要被安放在墓中。而在汉代、魏晋时期的墓葬中最多的也是这些陶制壁画砖，这也是这一时期的一大特点。因为当时一些豪绅大户，喜欢用青砖箍坟。整个墓室都是用青砖修筑，为复原墓主人生前的生活场景，往往是将一些墓主人生前的生活用品随葬，当然包括那些陶器，还有一些木器、金器和玉器，并通过这些壁画砖再现墓主人生前的生活场景，如歌舞、赴宴、会友、居住、宰杀、取水、耕地、放牧、狩猎、踏青、巡视等，使墓主人生前生活立体地展现出来。

陶退出历史舞台，大概是在瓷出现以后。其实瓷就是在陶的基础上发展而来。瓷通俗点讲就是上了釉的陶。瓷的烧制增加了更多的工艺，加上北方那种细腻的可做瓷的陶瓷土矿的缺乏，以及唐宋以后丝绸之路的衰落和国家发展重心向中原和南方倾斜，陶在河西的发展几乎停顿。作为一个地域，文化的发展是建立在经济发展基础上的。像骆驼城在唐宋后期被荒废，经济不能得到发展，文化上也就没有任何起色。作为陶，更多的时候实际上是一种文化的符号。陶在明代，也仅仅在日常生活中出现，常见的有青花碗、黑陶碗，有些虽然上了釉面，但整体还是很粗糙。陶器画面单一，色彩单调，很显然是受条件限制，工匠们也无耐心去精工细作，只是满足于日常的需求。因此陶再没有了华美，仅仅只是人们生活的一种辅助。

纵观张掖陶器发展的几千年，这一路，有惊喜，有繁盛，也有凋敝。其辉煌时，曾留给我们巨大的精神和文化财富，而它的凋敝，则说明了社会发展方向的转移，北方毕竟是农业发

达地区，红陶、灰陶更为实用，而陶器在更高层次发展时，更多地增加了文化的因素。另外就是经济力量的支撑，包括一些宫廷用器，生产的代价是相当大的。而张掖偏离政治中心，陶器发展变得迟钝且迟缓。张掖的陶器之路，由此被滞留在一个时空的幻想之中，再没有进步，直至今日，我们只能从一些博物馆的展览中见到。

看张掖之陶，我们只能看新石器和汉、魏晋时期的陶了，因为这几个时代才是真正属于张掖的，只有这几个时期，才代表了它的辉煌。不仅是陶自身的妖娆，更让张掖显出无尽的美丽。

黑河编年史

奔跑的黑河

有时我们会奔跑着,追逐着水流的方向。我们猜想我们能追上水流,比如在那条由我们打起的拦河坝里,比如在水库里。水变成一只难以驯服的兽,一只困兽,在无休止地吼叫着、奔跑着,却永远跑不过那条坝墙。

但河流还是欢腾的、热烈的,像一个小孩子无忧无虑地跑来了,迎了面还直往你的怀里钻。

春天里,当看到冰雪已开始融化,我们就火急火燎地打算把河口炸开,把水引向水库。

水是命脉,这是每一个庄稼汉都明白的道理。如果此时,我们稍迟疑一些,错过了水季,水库没有蓄满,那将是一次重大的失误,因为那会延误全乡五万多亩地的收成。这是谁也担负不起的责任。所以,我们得早,得赶在冰全部融化前,打起一条拦河坝,让水流顺从地流进水库。而我们会早早地备好炸药,把那些堵塞的浮冰冲开,让那些冰及早地溶于流淌的水中。

我们劫掠了黑河肥美的腰身

黑河此刻即使有多么的不情愿,即使有多么的渴望想奔跑于下游的额济纳,但最终遭遇了我们这样的蛮横人物,它也无可奈何。在它看来,我们就好比一伙匪徒,劫掠了它狂奔的欲望,劫掠了它肥美的腰身。我们早已轻车熟路,栖居本地已久,掩人耳目,昼伏夜出,怎么能让这么好的东西悄悄溜走?它做得隐秘,我们也不是吃素的,早已料到那冰层下伪装的丝绸,那月光下遮掩的瓷器,那耀目的光芒早已出卖了它的一切!

我们只需将"兵马"早早埋伏在那必要的地点,就像无数次我们曾做过的那样——这有点让我们羞愧!一点技术含量也没有。我们多么渴望想做一个有技术含量的匪徒啊!但似乎只要我们亮出身架,黑河就乖巧地流淌过来:这是孝敬的"银两",这是应缴的"税款",一分不少,一分不多……这一票干得多么爽快!看着那道月色下略有颤抖的身影,我们笑了。笑声划破夜空,笑声让周边的一切胆寒。转眼间,我们似乎成了杀人不眨眼的混世魔王。

当我们就着月光,在河岸上大碗喝酒大块吃肉庆祝这胜利的时候,我们像背着满心的碎银两,那银子多得如满河的水,满河的冰。我们还有什么不知足的?那些银两足够买下天下。那就喝吧,醉生梦死,在这富庶而贫穷的地方,在这荒蛮而绿意缠绕的地方,谁嗓声响亮,谁拍起胸膛,谁就拥有绝对的指挥权,可指挥十万碎银两仓皇入库,可指挥一河的月光接起粮田,接起炊烟,接起那些一声声呼喊。每每想到此,我们这些在冷风里丢掉灵魂、热浪里丢掉脾性的汉子,还有什么可抱怨的?我们相当于打家劫舍,杀富济贫,养活了一方百姓。

楔子和木桩

楔子是楔在该楔的地方，桩是打在该打的地方。刚到黑河口岸，我就听到被拦截的黑河，还有些野马不服人。几声大锤下去，黑河就乖顺了。乖顺的黑河带着哭脸，带着三分的不情愿、五分的忧惧，沉默地流过去。

而在河口上，我们又在离河口五六米远的下游打桩。黑河向来勇猛无畏，冲杀而来，冲不过去时，就被绑缚回来。

它们自认是皇家派来的官府人员，我们是草民，即使被绑缚，它们也没有低头，一副高人一等的架势。即使在水库的牢营里，它们也一样桀骜不驯。随着西北风这个浪荡侠客给它们通风报信，讲述额济纳的见闻，说同伴们都已到达那里。随意潜入、随意漫流，那是水的城邦，那是水的王国，无数的水流在那里齐聚欢呼，该是多么壮观啊……这一番话，让那些被绑缚来的黑河水多少有些懊恼，每每趁着夜晚它们就想逃离出去。它们曾挖过鼠洞，曾撞击过坝墙，至今那些墙面还有裂纹，还有伤痛。

我们只好又提着大锤，在裂缝处一次次楔进木桩，让那些水流安稳一点。但那些水流不仅怂恿那浪荡侠客呼风逐浪，搞点小破坏，还怂恿堤坝上的泥土，试图策反。直到那些水流悄悄渗入，直到那些木桩楔子打入堤坝的骨髓，那哀号，那眼泪鼻涕齐流的号哭场面，似有悔意。但历来，对待叛徒不会心慈手软，这次不杀一儆百，还会再犯。

所以，大锤继续抡起，钉入楔子，让它痛入骨髓，叫它今生难忘。末了，还要将它腐坏的肌体逐个扒开，逐个换掉，换成那些干净的泥土，并用尼龙袋把腐坏的肌体装起来，码在那些楔桩的前面。

当它们再次冲撞之后，便显得温顺了许多，但也失意了许多。它们想到自己已成为阶下囚，只好默默等候处决。

胡麻草

胡麻草是常用之物。

水流的细密，无法用砂石来填埋，木桩、木马也最终需要胡麻草来阻隔。

一卷胡麻草有足够的缠绕之力，可迅速阻隔水流的去向，此法屡试不爽。

水流处打着旋涡，我们自知这一下下去，黑河水很难逃生。只要我们来个出其不意，一定可以将这些逃生的水阻拦在坝内，来个瓮中捉鳖，最终拦进我们的圈养之地。

因为我们把黑河当家禽来养，当牛羊、当儿女、当命一样养。养大了，它们就成为甘露，成为救命的水。

那里是鱼虾的天下，那里是水鸟的天下，那里也是粮食的希望之地。

每年入春的时候，我们都要从农民那里收取些胡麻草，让他们用骡马车一匹匹的送来，再通过我们一捆捆地运送到河口上。

草被卷在一起，卷成较大的捆子，称为"缫"。"缫"的作用就像渔网一样，虽有漏网之鱼，大多进入渔网的鱼都会被网住，只不过"缫"的空隙又比渔网小很多，只要一碰到"缫"，水流便会碰个倒回头。

十几个人喊着口号将"缫"抬进水里，并慢慢地浸入水中，在水流的冲击下，它会迅速靠近后面的木桩和木马，在木桩和木马的支撑下，这些胡麻草做成的"缫"与木马、木桩像相依为命的一家人，紧紧地靠在一起。

此时的黑河水就像刚刚出嫁的姑娘，初到婆家，看到丈夫的彪悍和凶猛，吓了一跳，那饿汉子如饥似渴的样，让她害怕。她一下子不能适应，怎么也不能安静下去。她要逃走，瞅着空隙就要往外跑。眼见得她已能远远地逃开了，却猛地被一股凶狠的力量挡了回来，她还没有反应过来，就被挡了个猛回头。再一抬头时，她的身体已被推出老远。再冲撞时，她已手足无措，一次次失败以后更是一阵揪心的疼，像被虫子蜇了一下。她才猛地想到，她已经没有能力再逃出去了，乖乖地顺了那个人吧！

　　她像小媳妇般不情愿地走向水库的方向。在走的过程中，水流始终在想那是一种什么东西？一种丝般的缠绕之物，将她大半个身子都拦了下来，要不是它，她就逃走了。

　　之后，水流又在水库里见过一回。那些破损的坝墙上，那些豁口处，被放置了一些石块和胡麻草。胡麻草放在石块的下层，和石块与石块的连接处。黑河水似乎仍然心有余悸，远远地看到那些胡麻草都不敢靠近。就算有胆大的，也是匆匆而来，急急而去。而在坝墙的木桩前面，这些胡麻草又充当了盾墙，即使迎面传来阵阵压力，也丝毫没有退却，它们早已料到了水流的预谋，牢牢地固守着最后的防线，保证了水流的安居乐业，繁衍生息。当黑河水在这里生养鱼虾，有了自己的孩子，他们再也不会离去。直到它们被放出闸口，流向田地，流淌进那些青绿的麦苗，才想起它们曾是祁连山头上的一滴雪，它们被丝一般地缠绕，那缠绵的力量，让它们滞留在此许久了。

皮　　裤

　　深黑，带着黑夜的颜色。在寒冷里它隔寒；在水中它隔潮；在芒刺里，它保护稚嫩的身体。

三月是河口开化、河岸解冻的日子。一条条皮裤便汇聚于河边或沟渠里,这是一次集体等待的仪式,共同举起铁锹,扛起沙袋,卷起胡麻草,立起木马,打成楔桩——

我们在春天的骨缝里插针,在寒冬的皴裂里缝补。

我们身穿皮裤,已与季节走得很近,走成冷暖交替的春冬,走成疲累吞吐的日月。

春流水,冬已溜走,春已走近,而我们是迎接的人,以这样的方式,以这样的仪式,以这样的礼节。

本来还有锣鼓喧天,五谷丰登;本来还有小女子献花,唱上一曲……而我们将这一切都省了。只有这统一的着装,统一的行动,统一封存解冻的欢愉、冰透和刺骨,化开一个统一的名字叫春分,交给大地春耕的时令,让春灌完成一次使约。

而我们会保存好这黑色的礼物,就像保存一截黑夜,让它等待在来年的黎明。

温顺,有着岁月的静美

水库湖水碧蓝。蓝得像天空,像一双明亮的眼睛,在探看天空。

在这偏僻之地,水库是一美人,她的美足以摄人魂魄。她静憩于此,此刻安然得像个熟睡的婴孩,这不过是她表面的样子。她也有狂暴的时候,内心曾经拥有着一头狮子,那是在受到春风的撩拨之后,她会烦躁无比。但大多数时候,她是娴静的淑女。我们常看到她睁着一双蓝汪汪的眼睛探看我们。我们也看不透,她那双比天空还蓝的眼睛。

黄昏,夕阳会洒下十万条火舌,来烧灼这碧蓝的幽深,或者是垂涎于水库的美色,也想像春风一样揩一把油。

春风已远,隐没黄昏。

夏夜更像一盏灯，在水库的上方亮起来。她没有舞动的身姿，光这静憩的睡姿就让人难以自持。

月夜下，她平静如海，月光更像是一种安详，拂照在她的脸上，吹皱的心情早已不知去向。鱼会在这样的夜晚，悄悄潜伏进水草，躲在水草下看星星、看月亮，聆听水库的心跳声。

这小女子的心，比海还深。月听过，树上的鸟听过，水库边的马听过，连红柳也听过，唯鱼听得仔细，听得真切。但水库从未对鱼产生过任何念想，她只把鱼当作自己的儿女。而真正让水库动心的是那不远处的沙漠。沙漠环身而立，确切地说他应是环抱着这个美人而归，或者是投怀送抱。在风沙弥漫的春季，水库制止过沙漠狂暴的性情，唯有水车可安抚。春风一过，沙漠静得也像个暗夜里沉思的男子。他的心思只有水库懂。

我不能将那时候的生活叫苦难

其实，我不能将那时候的生活叫苦难，比如在二月的冰碴子河水里打坝，我们不过是将河水引入了另一条路径，替水库疏通经络，仅此而已。

比如寒凉的夜里，我们巡行在水库的堤坝上，我们不过是充当了水库的倾听者，听它发发牢骚，发发心里的怨气——被截流、被污染，然后在黑暗的堤坝上狠命砸上几拳。

比如我们无休止地奔跑在渠道上，不过是想追上季节的步伐，想和它交个朋友。到时我们谈论的话题会以粮食的蓬勃生长作为引子，继而讲到粮食的意义，讲到雪线上升植被衰退。

比如我们挖开一条沟壑，填充上那些坚硬的物质，再让河水从其间流过，我们不过是为医治土地的冻伤，为它们节省流经的时间，并赞扬一种新生事物相互之间的融合，以及和谐共存。

再比如那些补偿款、水费,像摊开的一张大地肮脏的脸颊,脸上有农民的心酸,也有我们这些收费员心口的闷热与尴尬,但这也是为事业的虔诚,让渴死的牛羊不再重蹈覆辙,让我们续命,让生活美好……

尽管如此,我依然不能说那是苦,包括漏风的房屋,漆黑的夜晚,以及阴冷的湖水,和渠道里缓缓流动的疲惫。而要说那是人生际遇里的一处风景,一处让你、让我难忘而深刻的记忆——我怀念那片湖水的蔚蓝,以及那片河岸的纯净和碧绿,常常梦到那些马悠闲地在湖滩上吃草,我想这才是生活给予我的。苦,只是其中的一种调味剂罢了。

渠 口

渠口是一段寂寞的时光。每晚复读的诗歌、史记,在夜幕里、炉火里流淌着一丝温暖。但整个院落的安静,已经勾起了一个人的思绪和想念。想父母的慈爱,想妻子的柔顺,想孩子的顽皮,夜也像独自说着梦语。直到夜静悄悄地,淹没了心里的一些火苗。夜像一只柔软的手,轻抚着,轻抚着那无尽的缠绵。入夜抱枕而眠,夜也进入了梦乡,并轻轻发出鼾声。

月 亮

在渠口的很多时候,我都会看天上的月亮。月亮里没有什么,只有一丝清辉,但我看得见妻子盼望的眼神,看得见一家人沉默的背影。

有时,我竟想,那门外的坟堆上是否也坐着一个人看月亮。我猜想他也是想家了。他是回不来,而我是十天半月还可以见到妻儿,他是有家不能回。他其实等于没家。

那时，我知道他又在望月，我也是，我想我们的心情是一样的。本来，我想打开门看看这个邻居（如果我能看到的话），但又一想还是不要去打扰他。因为他有他的孤独，我有我的寂寞，好在，我们都有一个月亮，好在，我们共用一个月亮磨出的皎洁月光，它映出了我们的寂寞孤独。我们的寂寞孤独像这月光铺天盖地，像河里的潮水涨起来又退下去。其实，我早知道，这是夜的呼吸，一呼一吸之后，加上我们的思绪，夜才露出一张白净的脸和一张妩媚的脸。只是这夜让我陷入了更深的思绪。

渠口是一夜辛劳捉来的疲累

渠口是听一夜咆哮，睡一夜安眠，半夜起身，撩开夜的身子，看它七情六欲地奔突。

渠口有皑皑白雪，覆盖了鸟声、人唤、狗吠，掩埋了路径和人迹。炊烟远远地飘着，隔在一条沟渠的另一边。

渠口掩埋着一面皎皎的月亮，垂挂在相思的眼眸里。

安静已抵不住夜的风寒。

我知道渠口已远离人家，绝迹于冬日的深远。谁来问候这静谧的梦乡？

一曲思乡曲仿佛深夜回家的游子，夺眶而出的辛酸已湿润了寂寞的心灵。

夜将心灵轻轻安抚，唱歌、夜读，音乐声里传唤出一丝呻吟，心知肚明，已熨平生活的褶痕，已将梦里的声音复读了一遍又一遍。

一夜风雨声

颤抖,来自那些冰凉的湖水。一堆碎裂的碰撞声,将夜推向一个又一个高潮。

我们焦急地搬用夜晚的沉重。当冷寒刀剑般割伤我们的肉体,这辽阔旷远,才写出湛蓝的梦境。

我们搬起的石头挡住了风浪的脚步。这些来自人世荒凉的石头,成长于坚硬的雨夜。一如今夜的溃散、无力,再也无法回到从前。

我们从这些坚硬里缝合着大地的伤口,一如那些伤痕累累的战斗者。

今夜我们抚过雨夜的冷寒,抚过石头的硬伤,慌乱地躲避在夜的心怀里,把水库枕在头下,把漆黑的夜盖在身上。

当天空撒出鱼肚白。天明即起的钟声,敲开了我们疲惫的大门,从门里进来的阳光照出我们的苦乐人生。阳光下,恬静探出舌头,给了这世界短暂的温柔。

但我们醒过来的人生仍然显得苍茫。

天空有着一张阴郁的脸,它郁闷的心思,我们早已猜透。它对我们无动于衷,但它再也不会发脾气,因为此刻,湖水就是我们手中温驯的羔羊,它再也没能走出水库的牢笼。

我们的疲惫顿时烟消云散,好心情如藤蔓植物般正沿着水库坝墙葳蕤生长。

再看水库,正在一张碧蓝的镜子探看自己。

"福"地高台

《西游记》第九十八回中写道：唐僧师徒四人历尽千辛到天竺大雷音寺见得如来，取得真经，正在喜出望外时，再次来到当年路过的通天河，眺望河面宽阔无垠。惆怅时，那只当年驮他们过河的老龟又游到了近前。四人欣喜之余，纷纷上了龟背。老龟一路前行，行到半途，老龟问起当年唐僧师徒曾承诺在如来面前替它询问寿辰正果的时间，老龟见唐僧师徒支支吾吾，无人作答，知道是他们把这事给忘了，一怒之下，就将四人连经卷全数翻入河中……这是《西游记》中唐僧师徒九九八十一难中的最后一难。

佛教中讲究个功德圆满，历经九九八十一难方成正果。之所以说到唐僧师徒四人取经最后一难，是因为它的最后一难就发生在高台。《西游记》虽为神话演义，但神话都是能在现实生活中找到原型的，而并非人凭空想象。从玄奘后来自己写的《大唐西域记》来看，他经过的路线就是从现在的山丹、张掖、临泽、高台，沿黑河北路而上，去印度的。所以，这些神话传说也就并非无中生有。

《西游记》中记载：唐僧师徒四人落水上岸后，捞得经卷并找得一块土台晾晒。在收拾经卷时，不慎扯坏，经书中的几个字沾在土台一块石头上，化字入石，遂被后人称为"晾经台"。

而实际这方土台就存在于高台县台子寺村内，传为西汉名将李广之墓。魏晋南北朝时，西凉国主李暠追认李广为其祖上，增筑其台。至玄奘到此地，这方土台重新引起了大家的注意，因玄奘晾晒经卷化字入石而成"晾经台"。玄奘又受当地民众邀请在土台上讲经说法，为纪念玄奘法师，当地民众还在台上建寺，即为后来的台子寺，也叫崇台寺。寺中早期便供奉有玄奘法师佛像。寺院门口悬挂一楹联："台虽不高县名因此而立；寺本甚大圣经赖以保存。"所以，说唐僧师徒四人取经最后落难处在高台是有一定依据的。

《西游记》中说通天河"径过八百里，亘古少人行"。从晾经台的角度来看，通天河应该指的是黑河。

为纪念唐僧师徒四人功德圆满，高台本地人还在黑河岸边建有一座15米高的雕像。雕像上方是悟空手持金箍棒悬空飞行，下面是玄奘法师骑在白龙马上，前有八戒肩扛九齿钉耙，后有沙和尚肩挑经箱，底下就是那只老龟。当然，这是根据《西游记》塑造的师徒四人形象。现实中，玄奘是只身一人前去印度的。一路上除个别时候受到那些西域小国国主和民众的欢迎有护送外，其他时候也基本是一个人。这一路上的孤独，玄奘没有因人生的冷落而灰心丧气，最主要的还是他怀抱着理想，他是抱着解救芸芸众生才去求取真经的。真正应了佛教中的那句偈语："我不入地狱，谁入地狱。"他也是抱着这一必死的决心去求取真经的。所以，他能走别人不能走之路，吃别人不能吃之苦。我在看过他撰写的《大唐西域记》后，内心是感动的，心里曾一度掀起轩然大波，久久难以平静。书中曾提到他过凉州（即今武威）时，一路被追杀。在过嘉峪关五座烽燧的时候，差点又被乱箭射死。而在过塔克拉玛干大沙漠时，差点渴死。这一路的磨难，没有极度坚强的毅力是没有办法坚持到最后的，也成就不了一番大事业。玄奘后来成为一代高僧及法相宗创始人，与鸠摩罗什、真谛并称为中国佛教三大翻译家。而高台从此也被认为是唐僧历经最后一难成佛的地方，也是他苦难终结的地方。

现在，来高台旅游的人都要去看看黑河岸边的这座雕塑。对于玄奘来说，是取经和这一路的磨难成就了他。对于高台来说，是玄奘成就了高台，让高台成了一块"福地"。高台之所以成为一块"福地"，还在于它特殊的地理位置。因高台处在河西走廊蜂腰地带，是古代丝绸之路的必经之路，它不仅东西相通，而且南北交贯，南挨青海，北连蒙古，是一个在军事上极为重要的地带，同时也是一个文化的交汇地带。这里曾为佛教盛行之地，早期较为著名的寺庙就有新坝暖泉的龙泉寺、榆木山的梧桐泉寺、宣化的台子寺、罗城红寺坡的红寺庙，还有天城正义峡的香山寺……这些寺庙都是高台当地红极一时的寺庙。这些寺庙也基本都是从玄奘西行之后繁盛起来的。

而在神话中，高台更体现出它非同一般的魅力来。高台曾为神仙们相互争抢的地方。因高台是古弱水的遗址，传说弱水中生长有一棵叫建木的神树，为神仙们进入仙界或下到人间的天梯。高台不仅是古代弱水的遗址，也是西王母的瑶池之地。后来，五帝之一的帝辛氏帝喾西巡时，其夫人简狄与姐妹在弱水中洗浴，误吞鸟卵生契，而契后来建立商部族，其后代建立商王朝。南北朝时达摩祖师途经高台，看到弱水，才将"弱水三千，我只取一瓢饮"这一禅思引入佛经，传为后世经典。这一个个神话传说故事，把高台的福瑞和祥显现了出来，让它成为一个仙界般的地方。这种契合更是和后来取经的玄奘经历如出一辙，也让他的故事充满了神话色彩。

到魏晋时代，生活飘逸的魏晋人更是将高台当为世外桃源。当东晋末年五胡乱华引发"永嘉之乱"，使中原百姓流离失所时，中原的一些世家大族、仕子、商贾、文人、画师等纷纷举家迁往高台避难。这时的高台正处在由段业和沮渠蒙逊创立的北凉王国，百姓相对安居乐业，对当时的人们来说，高台真的就是一块理想的生活之地了。高台的经济文化也因此呈现出空前的繁荣，这正是高台为什么遗留有6000多座魏晋古墓葬和丰富的魏晋文物的原因。当时的魏晋人都把高台当成了一个没有苦难的地方。从魏晋人在高台的生活来看，那些墓葬画像砖上所反映的生活是多么无忧——因生活在多民族聚集区，文化开放，他们都有一颗包容的心。他们享受眼前的生活。想踏春欣赏美景，便乘坐牛车一路前往，这一慢节奏真正让他们体会到生活的美意；想剽悍一番时，便会约几人去骑马打猎；想谈情说爱时，男女便相约到桑树下……这样的生活举不胜举。正是魏晋时期高台的坞堡固守了他们生活的安逸，田园、村庄才一片祥和，这样的地方又怎么不会被人称之为"乐土"称为"福地"呢？

不仅如此，它深厚的文化底蕴也让人叹为观止。高台虽为一县，但它与伏羲、女娲、炎帝、黄帝、大禹、西王母有割舍不断的联系。伏羲女娲在昆仑山上躲避洪水，山下便是高台；炎帝在河西一带开辟了自己的文明，包括高台在内都在炎帝的统治范畴；黄帝为西戎民族，早期就生活在包括高台在内的河西一带，被称为高车族；大禹带领民众在高台正义峡治水，劈开山峡；西王母是生活在祁连山、合黎山一带的母系氏族（在与高台邻近的榆木山和合黎山中都曾发现大量原始部落岩画）；还有五帝之一帝喾的三夫人简狄是生活在弱水之畔的有娀氏之女；炎帝的后代共工就生活在高台及河西一带，后与黄帝的曾孙颛顼在祁连山下大打了一仗，共工败而怒触不周山，造成天倾西北之势，从此大地西高东低……这些神话人物不仅与中华民族文脉紧紧相连，而且还与高台历史文化紧紧相连，成为高台当地的民间信仰。而自四五千年前，高台已有人类开始活动，高台新坝镇六洋坝村就发现了新石器末期彩陶，说明此时的高台已有了农耕；魏晋南北朝时，高台一度成为北凉国的发祥地，最初的都城就建在骆驼城，至明清设县。可谓历史延绵不绝，文化底蕴深厚，其间留下了大量文化遗迹。其中就有新石器时代遗址一处，汉代古城、长城、烽燧遗址四五十处，两处还被列入《大遗址保护"十二五"专项规划》。遗留的汉代及魏晋时期的坟墓6000多座，出土汉、魏晋文物2000多件，其中国家一级文物就有180多件。在高台县博物馆中藏有被称为"魏晋地下画廊"的魏晋汉代画像砖400多块。

高台之所以成为一块"福地"，还在于它天然的地理屏障和优美的自然环境。两山夹一河。南有祁连山，北有合黎山，使高台基本为盆地造型，造就出高台湿润而温暖的气候。黑河从中横穿而过，养育了数万高台人民，同时也孕育出4.11万公顷黑河湿地，湿地成为396种植物、133种脊椎动物、892种昆虫、8种国家重点保护野生水禽的栖息之所。走进高台，四处可见碧波荡漾的湖面，那些湖泊在一丛丛湖柳掩映下，就像一块块碧绿的翡翠，熠熠生辉。这里还有甘肃省第二大城市湿地公园，城市依河而建，绿荫湿地，水上乐园，小桥流水，站在堤岸上可看到芦苇摇曳，水鸟翻飞。尤其在大湖湾旅游风景区，船舶往来穿梭，天空中鸥鸟翔集，俨然一幅江南画卷。在这里你既可观赏到王勃笔下"落霞与孤鹜齐飞，秋水共长天一色"的旖旎景色，还可看到王维笔下"大漠孤烟直，长河落日圆"的奇绝风光。眼前是碧绿青翠的湖面，而远处却是白雪皑皑的祁连山。这样一种同处两个季节的特殊体验恐怕只有在高台才能体会到吧。

而它丰富的地形地貌，让它成为一个地貌大观园。从海拔4000米的高山，一直到海拔1500米的平原，山地、峡谷、草滩、湖泊、沙漠、荒原、河流，它无一不包含。新坝红崖子高山地带，是夏天避暑的好地方。全县大小19座水库，加上一条河，使它看上去到处都有水。八九月份的黑河沿岸是最美的，河环玉带，像一条银色的腰带镶嵌在高台大地上；碧绿的河岸，青草依依，像谁铺上的一块绿地毯；马儿悠闲，牛羊低头啃食，勾勒出一幅草原的风景；而在它的边缘地带，大片的沙漠静静蹲伏。在这里，你可去野外垂钓，也可去沙漠探险，还可到黑河沿岸欣赏湿地风光和草原风情。还有热情好客的高台人，既让你体会到草原人民一样的豪爽，还能让你吃到可口的美食，如外焦里嫩的脂裹肝、手抓羊肉、大湖鱼、猪脸和酱肘子，以及爆炒土鸡和闻名遐迩的高台面筋，真正让你体验高台美食的独特口味，让你享受到福地之"口福"。

　　在高台，它既会让你沉浸于如南方一般的温婉如玉，又会让你体验到北方一般的雄奇粗犷。那景会让你流连忘返，那美味会让你回味无穷，而那人更会让你念念不忘。

　　高台，即是一代高僧造就之地，它就有了不一样的寓意，正如当地民间流传的一句谚语："来高台，登高台，步步高台。"位于高台县大湖湾旅游风景区的崇文楼，始建于2011年，作为高台县地标性建筑，来高台的人都要去登一登，表示生活事业步步高升，一帆风顺。

千年马蹄寺

一

马蹄寺位于河西走廊中部的张掖市肃南县山区。

三月的马蹄寺山依然是雪花飞扬，整个马蹄寺山都笼罩在阴霾中，但天气的阴沉、寒意并没有减弱我们到马蹄寺的迫切。我知道，这份迫切不单单是来此找寻一处心灵的净土，来朝拜这些石窟的佛像，而是心里那份冥冥中的牵挂时时刻刻在揪扰着自己。

虽然这已经是第三次来到马蹄寺了。1993年的那次，父母带着我，游过后深有体会，那是对大山的体会，是对祁连山的一次近距离的接触，但对马蹄寺却没有多少印象。而2003年，是和单位上的几个同事一起来的，那时是作为一个文化的初醒者，对马蹄寺已经有了一个初步的认识，对马蹄寺的历史文化有了一个大体的思考。回来后写作的那篇《暗殇马蹄寺》，是作为一个有文化良知者对马蹄寺存在状态的一种思考，是对马蹄寺遭到破坏的惋惜。而这一次的到来，似乎我对马蹄寺的历史文化背景和风物景色有了一个比较全面的认识。每隔十年，似乎都能看到马蹄寺的变化，也看到了国家层面对文化的逐渐重视。

记得十年前当看到马蹄寺内那些缺鼻子少眼睛、断臂、身上开裂、剥落、断指的佛像与壁画的时候,我的心里还是隐隐作痛了一番。这十年里,我一直想再次来看看,但最终由于车途不便,加上工作繁忙一直没有再来过。今见时已修复和重建,作为新颜呈现在我们面前。除那些放置佛像的石窟是旧的,佛像已然新塑,听讲解员说,那些早期的佛像早已采取特殊手段密封搁置在仓库里。因为它们再遭受不起一点点损伤和毁坏了,它们就像一个个垂暮的老人,身体虚弱,一场小小的感冒也可能要了命。历经时间的摧残,后长期无人管理,如今能幸存下来也算是劫后余生了。在中国北方的这片大地,很多文化古迹在经过历史动荡的洗礼以后基本上就荡然无存了。有时候我就想,这是我们国人的愚昧,还是人性当中破坏欲的正常体现?今天,我们意识到文物遗迹重要性的时候,才忽然发现这些文物遗迹的可贵之处,但后悔已没有用了。历史中有些是让我们不敢诟言的,却让我们体会到那些动荡的历史时期对文化造成的破坏和伤害是那样深刻。这些石窟里的佛像、壁画随着后来旅游业升温得到了政府部门的重视和保护,经过重建和修复,依然焕发出艺术的光彩。

　　马蹄寺石窟是除敦煌莫高窟、榆林石窟外,河西走廊较大的石窟之一。更让人惊叹的是其绝壁外的凿洞,大大小小二十一个石窟全部是悬挂在绝壁上的,其险峻和当时开凿的艰难可想而知。看到那些洞壁上显眼的凿痕,更是惊讶于古人毅力的坚强。如何在石壁上凿窟,如何凿出一个个房间一般大小的石洞,在多少个日月里,那些倔强的隐士们,日复一日,年复一年地锻凿着。今日从那洞窟中走过的时候,仿佛仍能听到日夜不休的叮当声。没有走进马蹄寺石窟还不曾觉得,走进以后,才知道这些石窟的开凿绝不仅仅代表人间的苦难,而更多的像是在诠释人生的真谛。在这里,那些苦修的隐士们靠着这每日不停歇的清脆声一点点顿悟,最终佛窟建成时,也是他们功成时。

有的人,可能一生就凿了一个洞窟,而有的人一生则凿了很多个。有的人认为一生做一件事情,做得尽善尽美便可;而有的人不断地在追求突破与战胜自我。在这尽善尽美与不断的追求中,造就了马蹄寺石窟独一无二的艺术特色。那神态,那优雅超凡的身姿,那恢宏的气势,那威严或慈祥的面容,都是独一无二的。虽然马蹄寺石窟排在国内四大石窟之后,但它同样是我国石窟艺术中的瑰宝,特别是金塔寺的高肉雕飞天在国内是绝无仅有的。而且它还是汉传佛教与藏传佛教并存的一座寺庙,呈现出一种异样而独特的佛教文化现象。马蹄寺石窟内神佛神态各异,佛塔气宇轩昂,这些神佛和佛塔被放在凿出的洞窟里,看不出它是镶嵌在里面的,而就像生长出来的一样,与这里的一切浑然一体。

我想那些开凿者起初可能并未想到这些石窟后来会变成寺庙。因为最初开凿这些石窟的仅是一些学者和隐士,在这里躲避战乱。后来来了一些和尚,当然是一些苦修和尚,也加入了凿窟的大军中。渐渐地,当隐士退出历史舞台后,和尚们便闪亮登场了。虽然在魏晋时期,和尚们的地位依然很低,但通过佛教文化的不断渗透,已然在本地"落了户"。在还没有走向俗世之前,马蹄寺成了他们的首选地。当时佛教已经在西域乃至河西走廊传播开来。据记载,当时的北凉国国主沮渠蒙逊阻拦了西去求法的和尚法显,法显在国内开展的讲经说法并没有满足这位皇帝的向佛之心,对法显放行后,他又下令在他的出生地临松山涧(马蹄寺石窟处)开凿佛窟。在马蹄寺石窟群落中,有很大一部分是北凉时期开凿的。后来和尚们陆续加入,让这里最终变成了一处远近闻名的寺庙。这是一段几乎人人皆知的关于马蹄寺的历史。

我想，每一种文化的呈现都有着它必然的原因。我们只需要用心灵默默地来体会、观察这些出自艺术家手下绝美而惊艳的艺术品，我们才能与它们达成心灵上的默契与沟通，最终真正理解艺术的真谛和内涵。

二

对于马蹄寺来说，简简单单把它当作一个佛教寺庙来看，那就没什么意义了。实际上马蹄寺石窟的存在是有其特殊的文化意义的。它不光是我国石窟艺术的瑰宝，也是魏晋文化在现实社会中的体现，可以把它看成是魏晋文化的一个遗留物。

说到马蹄寺，很自然地会让我们想起一个人，那就是最早带领学生到这里开凿石窟的郭瑀。郭瑀，敦煌人，魏晋名士。一说敦煌，会让人马上想到闻名遐迩的敦煌莫高窟。是的，马蹄寺石窟的确与敦煌莫高窟有着千丝万缕的关系，而且马蹄寺石窟内很多石雕的雕刻手法，都与敦煌莫高窟如出一辙。但这与郭瑀的身世并没有多少关系，只是后来佛教东渐过程中所留下的印迹。

其实郭瑀的到来并不神秘。他起初是以学子的身份到张掖求学的。当时正值西晋末年，中原发生永嘉之乱。相比起当时中原的混乱，河西走廊就成了一块理想的福地。很多名士也相约来到这里，办书院教学生，成为延续他们生命意义的唯一途径。正是这些文化名士的到来，这里形成了与当时江南文化、中原文化并称的河西文化。郭瑀前来求教的老师正是在张掖东山书院授学的文化名士郭荷。郭荷死后，郭瑀继承了郭荷的衣钵，为避俗世的打扰，便将书院迁至今天的马蹄寺。他到来之前，这里还是一片未开发的处女地。云山雾罩，山林郁郁葱葱，似乎这样的地方更应该被称为人间仙境。人是不是更应该生活在这样的一个地方？所以后来郭瑀从张掖东大山迁往马蹄寺，当看到这里山清水秀，而且适合开凿石窟，他就不想离开了。

　　起先，他是为避战祸，主要是为躲避一些官僚和帝王请他为官。魏晋人就是这样，不想在那种飘摇不定的生活里迷失自我，他们想的是在青山绿水间陶冶自己的情操，滋润自己的精神。这从魏晋时期的"竹林七贤"中嵇康的与友绝交书中就可以看出，他们中很大一部分人，宁可死，也不愿失去这一份自由，他们是真正的隐士。

　　他们就是要在这种隐藏当中找到生活的真谛，找到人生的真谛。而苦修也成了这种隐士生活必备的功课。所以，郭瑀带领学生开凿石窟顺理成章。因为他们的苦修就是开凿石窟。加上还有一些佛教徒的加入，他们的石窟从最开始的住人，到后来成为正经八百的佛窟。这些石窟并非一开始就是佛教圣地。

三

　　我们从历史教科书上可以看到，西晋末年，发生了历史上著名的永嘉之乱。中原人士中很多都跑到河西来躲避战乱。相对于中原来说，河西虽然也经历着战火的洗礼，但还算相对稳定，加上轮番上阵的那些帝王们也是求贤若渴，为维护自己的统治，大力招收名人学士，特别是一些有学问的人。所以中原的名士和有学问的人都跑到河西来，促进了当时河西文化的大发展大繁荣。

　　郭瑀的到来正是这样。他一开始并不是来讲学的，而是来求学问的。当他在敦煌的时候就听到大学问家郭荷在张掖讲学，便慕名前来。

　　郭瑀的聪慧和极高的悟性，马上得到了郭荷的认可。那么多学子中，他是唯一一个继承老师衣钵的人。东大山东山寺唐

山书院,作为当时张掖最大的私人书院,在郭荷主持年间,这里的僧众和学者多如牛毛。当郭瑀成长起来以后,为避免俗世的干扰,郭瑀便从张掖东山寺迁往了马蹄寺,随后也开始了他的讲学生涯。1000多人,白天凿石窟,晚上就在石洞里听他讲课。这样的盛况让很多人交口称赞,因此,到后来他还是被外界所知晓,一批一批的帝王或者是想要建功立业、闯出一翻天地的人轮番请他出山。前凉的张天锡来找过他,前秦的符坚也来找过他,都被他婉言谢绝,最终郭瑀没有坚持住,而被王穆说动,跟随王穆一起反抗前秦,但又因王穆杀友绝食而死。

郭瑀的死,就如他的到来一样,又一次改写了马蹄寺的命运。马蹄寺不再是那些学者的隐居处,此后,一些僧众继续留居,并在此基础上扩大修建,藏以佛像,建成了寺庙。北凉国国主沮渠蒙逊也酷爱佛法,又因在自己的家乡,便在前代开凿石窟、供奉佛像的基础上,再次补充了郭瑀时代佛窟的数量,后经北魏、北周、隋、唐、西夏、元、明、清历代补充凿建,最终形成了今天的规模。

今天的奇迹是建立在昨天的历史之上的。如果没有郭瑀,这里也不可能形成这样独特的石窟群,让我们领略到如此美妙的艺术。但郭瑀本人并未想到,他的时代已经离我们远去,但他的功绩,他的学问,他在这个世间的名望,注定与这个佛窟,与这个寺庙有着扯不断的渊源。

当今日我们再次抚摸洞中石壁上留下的那一凿子一凿子划下的凿痕,心中不免有几分感慨和敬佩,敬佩古人的持之以恒。正是有了他们,这些石窟与佛像,才奠定了其作为国内石窟艺术绕不过的一道风景,才成为我们今天瞻仰的一个奇迹!

它们的语言

每天当夜幕降临，人群便会拥向湿地。在这里可以吹到习习凉风，可以欣赏到河中开阔的风景。去过河堤路的人都会发现河中有几丛芦苇不知何时就已经长在那里，绿意丛生。一阵风吹过去，芦苇们会摇摆一下，像舞动的身体。而从芦苇中"啾"的一声鸟啼，让我们相信，这些鸟的欢乐正是这些芦苇欢乐的印证。还有那些离芦苇不远的水鸟也是，它们的悠闲自在，与芦苇所成的美景，与人们感受到的赏心悦目相得益彰。

对于那些芦苇和水鸟来说，它们又是被什么陶醉着呢？应该是水吧。有了水，芦苇的摇曳才更有意义。不论是身处河中央的芦苇，还是悠游嬉戏的水鸟，临水而飞的白鹭、大雁，水给它们的欢乐带来了实质的美感，也带来了现实的意义。

当人们站在堤岸上欣赏着芦苇和水鸟的时候，芦苇和水鸟也在看着他们。这种欣赏是相互的。当芦苇们最终以一个远离人世喧嚣的高人形象出现的时候，它们的舞姿变成了一种云淡风轻的飘逸。甚至人们还能够感受到，那几丛芦苇相互之间的交流，它们肯定说过很多和人类相关的话题，它们甚至说到过人类在见到它们时如此兴奋的原因。尽管它们听不到人类在指着它们嘀咕什么时，但它们知道人类一定是在艳羡、夸奖它们。

芦苇们尽管不能移动，但每日都能享受阳光和雨露。它们生长在这条河道中央，即使是鸟儿们要在它们身上安家，它们也毫无怨言，它们似乎早已是一对熟知的邻居。那对翠鸟便是率先在它们身体上安营扎寨的。安家后，它们便把芦苇丛当成它们的乐园，相互追逐、嬉戏、打闹，丝毫不用避讳芦苇。就像翠鸟早已与芦苇心心相印，彼此的熟知已经达到了知无不言、言无不尽的程度。芦苇们只管闭眼清修，不问世事，亦不问鸟儿们的来处，包括那些白鹳、黑鹳、麻鸭、大雁。如此和谐的相处，让人群感到好奇，总想着它们是靠着怎样的交流达到如此默契的呢？

　　此时，几只水鸟随声附和，高低起伏，错落有致，好一曲合奏曲、大合唱，唱响的便是这大自然之歌，湿地之歌，还有美之歌。而此时，芦苇们的摇曳便更加欢快，那是一曲独舞，似乎是专门配合这一支合奏曲而表演的，配合之巧妙，让岸上看到的人群也感到一阵惊讶。如此之默契，如此之和谐，音乐、舞姿，还有河水的波澜，如弦上之音，更是有着另一种默契。所谓流水知音，在此时尤为突显。这种沟通万物的语言便是心灵的语言。

临泽印象

总觉得临泽是河湾里的一处小城，在河道的冲积下形成的一块陆地。从直观上看临泽城并不规则，几条街并没有正南正北、正东正西地划分布列开来，整个城时而切成一个斜尖，时而落成一个梯形，从没有迎合众人的视角习惯四方四正。

其实临泽城并不大，两条街，从东往西，跨过大沙河，一直往西走，最后两路合在一处，变成那条千年里还在走的丝绸之路。这条路便是312国道。临泽县城也是依了这条道路而发展起来的。从历史记载看，临泽建县历史较短，昭武城的存在拓开了临泽历史的华章，河西历史不可绕开的大月氏都城就出在临泽。至今在西亚还有昭武九姓之说。临泽的别称是临泽，而在历史卷册中记载得最多的就是这个叫临泽厅的驿站。抚为安抚，彝为少数民族之称谓，可见临泽在很长一段时间都是边防前哨，或为少数民族居住地或被少数民族包围。那么临泽之称又是从什么时候叫起的呢？

从近代考古发现，1960年在修兰新铁路时曾在临泽发掘出几块莲花化石。据推测这些化石少则也在一万年以上，一万年前的临泽一片汪洋，气候湿润，温度适宜，因此荷叶田田，荷花在水域里连片生长。从荷花的生长习性来看，荷花是在静水中生长。所以，此处并非河海，而是较大的一个湖泊。根据远古的两本地理史书《禹贡》和《山海经》中的记载,唯有弱水之渊与之相匹配。渊者,较大的湖泊也,也有深不见底之说。因弱水是祁连山上的雪水形成,涓涓细流汇成湖渊,无数条河流汇聚在山下就形成了弱水之渊。弱水之渊最大时可能包括了今天的山丹、张掖、临泽、高台在内的大部分区域,所以,至今山丹上游的河流仍有弱水之称。弱水因被阻隔于合黎山,而汇聚形成一个巨形湖泊。后被人为开凿山口,湖中之水渐渐流泻,加之祁连山上的积雪经过千万年的融化,已不能充分补充水源,所以山下的弱水之渊一再枯竭,只剩下一些水漫过的遗迹。今天的张掖平山湖大峡谷、临泽的丹霞山就是弱水之渊曾经存在的最好见证。丹霞其实就是水中的酸碱与山体土中的矿物质发生反应形成的。此处的土中多含铁元素,所以山体多是红色。后来,弱水退却、干涸,在下游的高台形成了一些小面积的沼泽湿地,这便是弱水的最后身影。所以,临之泽,实际上就是临高台之泽。就是今天的高台也还是一个湖泊湿地较多的地方,从民国时范长江等人从河西路过记录的情形看,高台当时所辖的沼泽区范围还较大,以致不能行路,只能坐大轱辘车。这便是临泽之由来。

而临泽最著名的就是那惹人怜爱的红枣了。每年到八九月份,只要从临泽地界走过,到处都能看到成片的枣树,那些红枣就会像一个个缩小版的红灯笼挂在绿叶间。再过些时日,312国道的沿街人家门前便摆满了鲜红的大枣。过了十一二月,又会有晾干的红枣,一个个盛放在板铺上,显得娇俏可爱。过往的外地人总禁不住诱惑,停下来上前买一些带回家。所以,在每一个到过临泽的外地人眼中,那些红枣是最让他们记忆深刻的。正是因为如此,临泽人很早就靠红枣换来了一些收入,也便保留和发展了大片枣树的种植,而临泽也被誉为"枣都"。由于临泽枣产量相对较大,除在市场上流通的鲜枣、干枣之外,有人还将这些枣子和枸杞加工制成红枣枸杞汁,这种半带养生效果的饮料,一上市就受到推崇,不论是在临泽当地,还是在临近的区域,临泽红枣枸杞汁已成为人们酒桌上必上的一份地方特色饮品,特别是有外地人来时,更是必不可少。至今,在临泽生产红枣枸杞汁的厂已从一家发展到好几家,可谓是"靠山吃山,靠水吃水"。

此外,在临泽备受推崇的另一个特殊荣誉就是临泽县境内的丹霞山,现已升格为张掖国家地质公园。通过这几年的轮番打造,在开发与保护并举的前提下,临泽的七彩丹霞以其独一无二、惊艳绝伦的美色一次次震撼了大家。站在丹霞山前,很多人都感叹那是怎样的鬼斧神工。从山体形态的逼真,到色调的斑斓,那真是一尊尊无与伦比的雕塑和一幅幅让人赞叹的水彩泼墨,谁能想到这些景致都出于大自然之手?比我们人类的雕琢和绘画要强过多少倍啊!这两年每年都见到很多来自全国各地的画家到丹霞山去画画,但又有哪一幅画能比这自然的景更震撼人心呢?现在,丹霞山景区通过政府主导与企业合作,已成为国内不可不去的旅游景点,临泽丹霞也已荣列全国七大最美丹霞之一,它的七彩还被著名地理学家黄进称为"彩色丘陵中国第一"。

自张艺谋在临泽丹霞拍摄了电影《三枪拍案惊奇》以后,临泽丹霞更是声名鹊起,每年都有大批的游客前来观光旅游。这两年张掖市政府和临泽县政府也投入了大量精力对景区宣传打造,依托丹霞山建起了丹霞小镇,周边的老百姓也开起了家庭旅馆,不仅能住宿,还能尝到可口的农家饭菜,让游客觉得经济又实惠。

而在临泽的人文方面,要属家喻户晓的羊台山的苏武牧羊故事和板桥的牛魔王传说以及仙姑传奇。民间故事一般都有一些历史的影子。汉代时,在汉武帝未统一河西以前,它确属于

匈奴，临泽县流传的苏武与历史中的那个苏武完全吻合，不得不说这些民间故事是带着一定的真实性的。而那个牛魔王洞，听说确有其洞。吴承恩老先生的《西游记》，是将一些在人间为非作歹者妖魔化了，其实他们原本都是一些活生生的人，无非是一些强盗、匪徒、奸淫掳掠无恶不作的人。这个牛魔王洞据临泽当地人讲是一个牛姓悍匪居住的洞穴，而后来就被当地人称为牛魔王洞了。至于那个仙姑传奇也是真有其人，一世行善救人无数，被后人颂扬，还修了一个道观以示纪念。还有老子骑青牛入流沙的传说，也基本是沿袭了历史文献的相关记载。正是这些文化根深叶茂地不断生长造就了一个历史悠久、底蕴深厚的临泽。

今天的临泽不仅有丹霞为其添颜增色，成为驰名国内外的旅游胜地，更有深厚的历史和丰富的人文滋养着它的纤纤身影。它依傍大沙河造景，丰富了一个城市的景观，更让人在观赏后记住了它。

在古代，它就一直是古丝绸之路上的重要驿站，今日，它依然在这条道路上发挥着积极的作用。它是中转站、传输器，更是一片路过的风景，愿临泽在未来的道路上能越走越远。

马尾湖上好风光

其实,第一次看见那片湖,并不喜欢。因为是冬天,整个湖都被冰雪覆盖,白雪亮人眼,但冰雪是荒芜,没有生机,极目处萧瑟一片。加之周边是荒原,更是让人心生悲凉。但渐渐地,天气转暖,冰雪融化,湖面出现了一丝动感,除碧波荡漾外,有时还随风激起一些浪花,霎时好看多了。

对于我来说,其实也不管好看不好看,只是沉闷的静物看得多了,有点动的,便觉得生活都有了生气。就像我常常站在大门上看那片荒原,如果偶有一只鸟飞过,心里便会欣喜许久。

那些年在那个小站上,一度失望于它的单调乏味。尤其在冬天,站上常留一两个值班的人,对方若是个"死面疙瘩"一样的人,另一人心里不知要急成什么样。所以,在这种情况下,到门外的水库上,到荒原里走走,心情反倒会好很多。虽然水库的湖面一样的荒,一样让人压抑,但好歹那又是另一种风景了。而等到春天时,冰雪融化,眼前是一片蓝,继而又过渡成远处的黄,那黄是等在远处的大漠,两种颜色遥相辉映,互为衬托,那也是很有一番风韵的。

就这样,我会来回在水库的坝墙上走动,有时是为工作,有时纯粹是想出来散散心。直到有一次,它彻底打动了我。那一天,半夜里刮起了西北风,风声呼啸,刮得门窗"吱吱"响。

我们从睡梦中被人叫醒，就走上了水库坝墙。手电筒光亮里的湖水波涛汹涌，像一群不安分的人，躁动地想要夺门而出。而我们就像是看门人，它们见到我们才稍稍安稳了一些。雾渐渐笼罩，把湖的半面遮蔽起来，那颤动的湖面让人很容易想到辽阔的大海。此前我是没有见过海的，也便能靠这湖来想象大海的模样了。如果不看脚底下的那面坝墙，光看湖里的蓝色水面，加之眼前雾气迷蒙，对面的湖岸又无法看到，如果放一艘轮船还真有点像。在我的想象里大海也不过眼前的这般景致。那天，我忽然有了这样的想法后，还兴奋了许久。那天的风也大，湖面掀起的浪响亮地砸在岸边，湖面更是波涛汹涌，我似乎能感觉到它的颠簸。我站在岸上，不时地打开手电，看一道刺透黑夜的光照在湖面上，湖水的淡蓝就映入了眼目，此时湖面的动荡不再给人害怕，而有了一种亲近感。这种亲近感就来自它像一位朋友让我认识了大海的模样。而那一刻，我不再认为那汹涌的波浪是一种威胁，而是一种想要互相拥抱的行为。它愈要挣扎向岸上来，我愈想到湖上去。如果有条船，我也真想，想做海明威笔下《老人与海》里的桑提亚哥，去勇敢地搏一搏，因为我感到自己的人生太压抑和沉闷了。

  直至整个春天过去，湖面一直处在这种动荡不安中。当夏季来临，风一下子少了许多，也小了许多，湖面一下子也平静了许多，有时它静得像一面镜子。河西水产养殖厂的鲁伟华会划着一条小船，在湖里布上渔网。当夕阳西斜，霞光照透湖面，连带一轮红圆的太阳映留下一道长长的影子，那景致别提有多美了。如果不是远处的沙漠横亘在眼前，你真的很难想象这是在戈壁深处，而宁愿相信这是江南水乡了。

  这段时间，我去湖上更勤了。除了跟小鲁聊聊天，就是看湖上的风景，尤其是晚饭过后的那段时间，它也很美。当夜幕降临，月上中天，湖风劲吹，湖映月光，在湖面投下一面模糊的月亮。吹着凉风，真是夏夜好清凉啊。有时，我也会随小魏坐船下到湖里帮他拔水草。他说，草是鱼的食物，但多了，又会让湖水缺氧，鱼就会被闷死。也许他说得对，他一切都是为湖里的鱼儿着想，我也不去反驳他，只静静地帮他拔水草。我在想，即便拔掉这些水草，湖也不会受影响，鱼也不会受影响。我发现那段时间随着湖里的水位降低，水草渐渐地从水里露出来，我才发现湖水早已从淡蓝变成了墨绿。这样的光景一直持续到十月份，湖里会再次蓄水，以供附近的农田灌溉使用，而湖的颜色又从墨绿变成了淡蓝。湖面泛起微微波光，它倒是一下子变得优雅了不少，像猛然间成熟了，不再那么躁动或狂暴不安。

我与它也像是一对老朋友，我站在岸上望它，它也像在望我。虽然我们都静静的，但我们用心在交流。它说它很美但也很孤独。我笑着说，你不是有沙漠大哥在陪伴你吗？它似含娇羞地说，那个憨子呀，我一不和它说话，它就"呕呕"地刮起些沙尘过来，迷坏了我的眼睛，我才懒得理它呢。

至此，我会经常去陪它，一边欣赏着它的美，一边和它说说话，让它不再孤独，让我也不再孤独。

当进入秋季的十月，各种候鸟会飞临这片湖面，有白的白鹳、黄的黄鸭，灰的麻鸭、大雁，还有些珍稀鸟类如鹮鹬、黑鹳，如仙子般降临这片湖。它们时而翱翔在天空，时而低空盘旋，飞累了就漂在水面上啄洗羽毛，偶尔也会捞一两条鱼饱饱肚腹，再和同伴嬉戏打闹一翻。眨眼间，整个湖都变成了鸟的天堂。

在我的印象里，湖一直都是这个样子。但有次去时，它四周堤坝上在秋天时能烧成一片火的红柳早已不再了，而堤坝也已变成了水泥的。湖当即成了一只笼中的困兽，神情也变得呆滞。虽然眼前的它更安静了，但我能感觉到它内心沉闷且压抑，

也有着更加深重的孤独。

那一次,陪家人去正义峡又去看了那片湖,它变得娇俏了许多,平静如镜的淡蓝色湖面,除过堤岸,其他一切都未变,心里忽然还是有了一些心动。但转念一想,它如今早已是嫁人的新妇,我再不能有任何的想法。

所以,只在临走回望时,心里默默地说,它安好,我便好,从此天各一方。

高台之台

一

高台是一个"台"文化非常丰富的地方，不但县名与"台"有着千丝万缕的关系，而且县内"台"文化历史悠久，源远流长。

早在4000多年前，生活在高台的有娀氏国主就为其女简狄修建了九层楼台，始为高台最早的"台"。这个在《吕氏春秋·音初》中就有记载："有娀氏有二佚女，为之九成之台，饮食必以鼓。帝令燕往视之，鸣若谧隘。二女爱而争搏之，覆以玉筐。少选，发而视之，燕遗二卵，北飞，遂不反。二女作歌一终，曰'燕燕往飞'，实始作为北音。"《楚辞·离骚》中也记载了简狄之"台"的情况——"望瑶台之偃蹇兮，见有娀之佚女"。

有娀在哪里？《淮南子·地形训》中说：有娀在不周之北。不周山即共工怒触之山，也就是祁连山。不周山原为一个四方形的山，典型的南北相狭的河西走廊地形，也就是古文献中常说的昆仑之墟。后被共工撞破，才变为不周山。有娀之墟或昆仑墟者，墟，即为坏的意思，即为不完全之意。古代昆仑为我国神话起源的中心，早期的人文始祖都是从这里走出去的。所以,祁连山当为我国神话中的昆仑山,是一个精神上的昆仑山,而非地理意义上的昆仑山。《史记·殷本纪》中又说:"桀败于有娀之虚,桀走鸣条。"这里"虚"同"墟"。有娀之墟即为昆仑墟,也就是不周山。那么,不周之北,也就是在祁连山之北,也就是高台一带。简狄在高台的说法即是成立的。从榆木山和合黎山发现的岩画,以及六洋坝、红山嘴子等史前文化遗址,说明高台在远古时代是有人类活动的。

有娀氏为什么要为其女修建九层楼台呢?《山海经》中记载说,当时简狄已为帝喾的次妃,跟随帝喾西巡,顺便回家省亲,有娀氏为迎接帝王的到来,亲自命人在弱水湖畔修建九层楼台,并用美玉装饰,楼上还置放了鼓乐等器乐,用于在宴饮间起舞助兴。作为一个诸侯国,迎接天子的到来修建这样的楼台并不过分,期间不乏谄媚之意。从帝喾娶有娀氏之女来看,两族的关系也是极为亲密的。

其实,有娀氏建国,由来已久,与黄帝部族的关系自古就非常亲近。有娀氏从女娲氏传袭而来,即为神话中所说的九天玄女。后在黄帝与蚩尤大战时,帮助黄帝打败蚩尤。因有娀氏自古生活在弱水河畔,四周为玄山,后称为合黎山,玄即为黑,黎也是黑的意思。玄山也就是黑色的山丘,所以此间的水又叫玄丘之水。此间之女自然叫九天玄女。在黄帝蚩尤之战中的九天玄女应该为当时部族的一个首领,而且这部族为一母系氏族部落。对于帮助黄帝打败蚩尤的神话中,有说是西王母的,也有说是九天玄女的,也有说是魃的,但他们最后的封地都在昆仑弱水。

有娀氏本身就生活在弱水一带,魃最后说是封到北地,赤地千里,也正与西北地理特征相符。西王母的大本营就在昆仑山一带,从《山海经》中描述可知,《山海经·大荒西经》:"西海之南,流沙之滨,赤水之后,黑水之前,有大山,名曰昆仑之丘。有人戴胜，虎齿，有豹尾，穴处，名曰西王母。"西王母也是一个生活在昆仑弱水旁的母系氏族部落。虎头面具，身后还缀着一条豹子的尾巴。这俨然一个部族首领兼巫师的装扮。再从帮助黄帝打败蚩尤的九天玄女来看，为鸟首人身；简狄误吞鸟卵而生契，被视为东夷之始祖；而西王母头戴瑁珽，最开始的形象也是鸟首人身。所以，魃、西王母、简狄实际上都是同一神话人物在不同历史时期的演化，其所在部落发展壮大以后，扼据昆仑弱水，发展成为后来的有娀国，成为黄帝部族的有力支持者，并世代与黄帝部族交好。

　　西王母住昆仑山，上有瑶台，下有瑶池。简狄之瑶台，近邻弱水，神话中所说的西王母之瑶池实际上就是指祁连山下的弱水大渊。当地球经过第四纪冰川期后，山上的雪水都融化流入山下的狭地。昆仑山早期为四方之山，水在山下越积越多，形成一个大渊，浅的地方几米深，深的地方达到几百米。所以，自古都说弱水中鸿毛不浮，舟影无踪。在河西走廊形成不周山或昆仑墟之前，弱水四周生活着诸多民族，毕竟人都是要依水而居的，像在张掖境内的黑水国遗址、民乐的东灰山，包括高台县新坝六洋坝史前遗址基本都在台地，这说明当时祁连山一带水源丰富。而到后来由于气候变得干旱，水量减少，加上后期的洪水疏导和治理，祁连山与合黎山之间的山峡地带水流出，陆地得以裸露出来。以致山下弱水中的水流干，此地还出现了较为严重的沙化，此处也就不再适于人居住，部落纷纷向其他地方迁徙。

　　历史虽然过去千年，甚至万年，但美好的神话传说一直流传于民间，成为家喻户晓的故事。而简狄这个与高台有着千丝万缕联系的奇女子，透过她的神秘面纱，我们不仅又看到高台最早的简狄之台，还发现了她隐隐与西王母瑶台、瑶池有着某种关联。

二

除此之外,高台的"台"还与一些"土台"相关。

土台相关的信息量是巨大的,有历史的、神话的、考古的,并延伸成了人心里一个高高在上的存在,一种权威,一种在历史里蛰伏的家族、部落以及国家,在这里却演化成了王侯将相们的墓葬。

在高台,这种"台"的存在是普遍的。在高台县城西南骆驼城西滩村,这种台式的墓葬成了当时颇为流行的一种墓制形式。这些土台集中暴露于西滩村方圆五公里的地面上。当我们看到一些方形的土堆,豁然屹立在这片土地上时,我们是好奇的,也是惊讶的,不知道它又与怎样的神话、历史存在着某种关联。

在最开始的流传中,这些土台被误认为是某个历史时期将军们的点将台。但后来随着那些土墩裸露出一些盗洞后,才发现长期以来流传在本地的传言是错误的。

那根本就不是什么点将台,而是一个个墓葬。但如此招摇地修建墓葬,就不怕招来盗墓者吗?事实也如比,高台现存的这样的土墩墓几乎都为空墓。但其颇为壮观的墓葬形式,作为台式墓葬,在考古界引来颇多的争议。其实古人设计这种墓葬的时候,也想到了被盗的可能性,天然的沙土结构就是很好的防御体系,本以为在上面罩上这样硕大的土台便可掩人耳目。但一旦被发现这土台之下是古墓,便有盗墓者跃跃欲试,一代又一代盗墓者前赴后继,加上后来盗墓技术的发展,这些台式墓葬惨遭毒手。现在,我们面对这些台式墓葬大多既无法考证墓主人的真实身份,也无从考证一些历史的成因。但从壁画砖和零星的文物依稀还能辨别出于魏晋时期。

按照当时魏晋风俗,普通人家是无法建起这样的土墩墓的,很显然是当地的一些望族,或者是王侯将相、郡守等当地官者,才有能力有资格修建这样的墓葬。对于平民百姓而言,墓葬是何其简单,一口棺木,几个陶罐,就算完事,有的甚至连棺木也省略了。看着都有些心寒。足可以说明当时社会等级森严,社会贫富差距巨大。那些世家大族、王侯将相的墓葬不但是青砖筑成,有高大的照壁,宽敞的墓室,而且还不止一个,从没有被盗掘的极个别墓葬看到里面的藏品极为丰富。坟地外围也与一般百姓有很大不同,坟地外围多为土台高筑。据当地文物专家介绍,这些土台之上原本还有木制建筑,但由于年代久远,那些建筑早已朽坏消失。

三

而另一个与此相关的台却与本县的县名有着莫大的关联。今人多以这台上曾修筑的寺庙门口的楹联追寻咂摸着它们之间的关系,一句"台虽不高,县名因此而立",就将高台县由来与此台扯上了关系。既然是"不高的"一个台,为何能牵动一个县的历史?它到底有什么来头?

《甘州府志》中曾记载说,高台县城西十五里有土台高约十米,传为西凉王李暠所筑,后人建寺其上。这段文字说明了三个信息,一个是县城西的土台高约十米;二是台为李暠所筑;三是台上原本有寺。

那么,问题就来了。我们知道李暠的大本营在酒泉,高台在当时一段时期是在李暠的统治范畴,李暠为什么要在高台这么一个位于西凉国边陲的地方如此兴师动众建这么个台呢?

在当地也曾一度传为是西凉王李暠的点将台或军事瞭望台。如果是点将台,难道古人点一次将,就要费这么大周折修建一个土台，岂不是荒唐之极吗？再看，军事瞭望台的说法也有些站不住脚，此地有建造的汉长城及烽燧作为军事瞭望，多在高山峡口的军事要塞之地或安营扎寨的城楼上修建，在这样的平原地带设立瞭望台，高度也达不到瞭望的要求，再者李暠何以要在高台这样对于西凉来说统御能力较弱的地方建台？对当时的西凉来说，尽管李暠也有野心想统一河西，但一直有北凉这个劲敌，一次意外的战役之后，李暠便失去了建康，即高台的一大半土地。所以对当时弱化统治的高台来说，李暠在此建瞭望台，而且是土制的，丝毫没有必要，倒不如搭个木架，站得高又看得远，岂不省事？

既不是点将台，又不是军事瞭望台，那又是什么呢？那就是墓葬。从骆驼城西滩村的台式墓葬来看，这土台应基本为同一时期，既然骆驼城的为墓葬，高台县城西十五里的土台也应为墓葬，而且应是当时极为重要的人的墓葬。那么到底是谁的呢？

从李白家谱记载可知，李暠为李白之祖，而李广又为李暠之祖。李广曾战死河西，尸身不存。不存的原因是不知道葬在哪里了。李暠曾追认李广为其先祖，为先祖立碑建坟，无可厚非。而一些文献中也记载了李暠筑台的这一事件，是为昭告世人，还是另有深意？总之，这种台式墓葬也是符合当时时代气息的，李暠的目的也只是追根寻祖。

四

在台上建寺，已是唐后期的事了。寺却与一个中国人人皆知的和尚分不开。

其实玄奘西行取真经之前已有和尚西去取经了，只不过玄奘引起的轰动效应更为广泛一些。从《西游记》中释迦牟尼刚开始说中土多为"愚妄之民"到唐代后来的几代帝王都推崇佛教、大兴土木建寺修院来看，很显然佛教已经达到了自己的目的。这一点与玄奘是分不开的，玄奘有不可磨灭的功劳。至少他的这次西行，对中国后世佛教的发展起到了积极的推动作用。此后，在中国大地上便兴起了佛教热，修建寺院，包括高台城西土台之上修建颇为壮观的台子寺。

高台本地传有因玄奘过黑河时将经书遗落水中，在土台之上晾晒经卷而得名的说法。有人也曾怀疑如若当时玄奘晒经，只要找到一块空地即可，为何要费力地到那土台上呢？很有可能是当地百姓听说有高僧从印度返回，力邀其在土台上为他们讲经说法，驱除灾祸。土台之上可能还有简易的庙式建筑，玄奘是暂时安歇在上面，一些被当地百姓帮忙搬来的经卷，有的还未完全晒干，便在其上再次打开晾晒。

从当地老人的记忆，在20世纪60年代拆庙之前，庙中供奉的除如来佛祖、弥勒佛、观音菩萨外，还供奉有玄奘法师的像。可见，唐玄奘取经过此地是肯定的。由于玄奘之故，加上后又在寺中为其塑身，所以此寺香火极为旺盛，方圆百里内常有人赶来烧香拜佛。后来，台上寺庙被毁，只留有一个周长百步的土台。台依然被充分利用起来，成为人们听戏的天然戏台。往往是台前台后各立两根杆子，拉上幕布，这样简单布置一下，这戏台便成形了。加上此台本身就有些高度，已基本满足大家听戏的要求。

后至七八十年代，村上为方便戏班演员，还在台下挖过一个房间大小的洞穴，演员便在洞中化妆换服装。不过，不久土台坍塌，此台最终成为一堆土。再后来，由于缺乏保护，村人在台上建油坊，现存的遗址为油坊遗迹。

尽管如此，此台经历风风雨雨，也正是此台，成就了高台之名。

明朝初年，开国大将冯胜平定河西，因城西有土台，遂在此设立高台守御千户所。

雍正三年（1725年），才合镇夷守御千户所与高台守御千户所，称高台县。县名沿用至今。

终 见敦煌

1993年的一天,父亲说他们单位组织去敦煌,可以带小孩去。我当时虽很想,但又担心把学习落下,便没有去。父亲最终带了小弟前去。我想以后肯定还有机会,但没想到这以后一直到二十多年之后。

后来上初中学历史知道了敦煌莫高窟是我国著名的四大石窟之一,心里很是向往。前些年拍摄并在中央电视台热播的电视剧《大敦煌》,让我对敦煌更加渴望,去敦煌几乎成了我心中的一个梦想。五年前,妻子与同学一起去了敦煌,回来时带了一匹毡毛做的小型骆驼和玻璃飞天。骆驼已不知去向,但那个飞天却一直被我保存着,放在我的书架上。我知道,这样的飞天,只有在敦煌才有。每当看到那只玻璃雕飞天时,我内心对敦煌的渴望变得愈加强烈。

前年时,本想与朋友一起策划来一趟敦煌之旅,但后来由于种种原因,还是没去成。前几天,张掖的几个文友聚会,在我朗诵了一首《望敦煌》表达自己的渴望时说到,作为一个甘肃人,我竟然没去过敦煌,让我不免多了几分羞愧。一直没去成,最主要还是因为敦煌太远了,坐汽车时间太长,坐火车又不能直达,所以,几年来就一直拖下来。正好这次朋友的旅行社开设了敦煌旅游专线,约我一起来一次敦煌文化体验,我便欣然答应。虽在天色漆黑的早晨就已经坐在去往敦煌的大巴里，路上吃着冷菜冷饭，但内心还是高兴的。因为，终于能在20年后圆了我的敦煌梦，心里还是有着小小的激动。

　　对于敦煌来说，最大的看点应是莫高窟了，还有就是在唐诗中闻名遐迩的阳关和玉门关。在这次去敦煌前其实我就已做够了这方面的功课。除过翻阅了相关的资料外，还看了余秋雨老师写的《千年一叹》一书中的《道士塔》，看后深有感触。在这次旅行中，听到敦煌的那个年轻导游说到王元箓，导游说他把经书偷卖给了外国人，使敦煌遭受了很大损失。我问他倘若这些经书不被拿走，放在国内，这些经书是否能完整地保存下来？他回答说肯定不在了。在清末民初，这些仅存下来的经书由于战争的缘故就已经遭到了严重毁坏。我们县上博物馆中就珍藏有一卷敦煌写经，还是当时一位高台籍在莫高窟出家的僧人冒死保存下来的。

　　而对于莫高窟中的石窟艺术，我不仅看了一些电视纪录片，还实地看了几回我们当地的石窟，比如我们市内肃南县的马蹄寺石窟，其开凿的难度比敦煌莫高窟还要大，因为是在红砂岩上开凿，远远要比莫高窟的在沙石层中开凿更艰难。我县的新坝镇暖泉村的龙泉寺石窟与敦煌莫高窟开凿洞窟的自然条件差不多，从龙泉寺的佛像不知所终，或留残坯，壁画残破不全来看，能够想象敦煌莫高窟后来遭受到的破坏肯定也不小。参观了这两个石窟以后，我已能想象敦煌莫高窟的大体构成，但规模可能要远远比马蹄寺、龙泉寺大得多。参观以后更是叹为观止，其毁坏的程度，更是超出了我的想象。当听到很多都不是原作时，仿佛时间在那一刻停止了，真希望时间能够倒流，能让莫高窟恢复它以前的光彩夺目。但一切已不可能。

　　丁酉年四月二十三日，初次来到敦煌莫高窟，首先映入眼帘的是青紫红蓝相间的三危山，而临近的沙漠与戈壁充斥着荒凉和孤寂。我还在找古丝绸之路上的那些驼影,寻找那条走了千万遍的路,到底从哪里经过继而又延伸向远方。

三危山在远古时期曾为水域,这里并不干旱,而是北方的水世界。传说中的共工氏就在这里治水和生活。我环顾四周,哪里还有水草丰茂、水域浩渺的一点痕迹啊。

大巴停下来,出现在我们面前的是一座烽火台似的建筑,而对面的崖壁上出现的几个零散洞窟深深吸引了我。那些洞窟并不大,只够放一尊小的佛像,我猜想这一定是那些家资并不富裕的人家捐赠的。据记载,从魏晋时期开始,这里就开始开凿佛窟,一直延续了上千年。这些佛窟除过一少部分是一些僧侣开凿的,还有一部分是各朝代的皇帝或王公大臣命人开凿的,比如,那个最大的坐佛,则是唐朝武则天命人在此依据她的形象塑的,其神态、眼目、衣着都呈现女性化,其他大部分佛窟都是当地豪绅富户捐赠修建。

我们跟着旅游团依次对道士塔、7个洞窟进行了参观。我一路参观,一路观花赏景,其实所谓景也只是莫高窟洞窟外的那个果园里的几处梨树、榆树,和一些新植的景观树。进入洞窟听佛窟的来历才是最主要的。这些洞窟,每一个都是有来历的,每一个都是有其故事的。故事的背后或者是和尚们的赤诚之心,或者是佛家讲经说法弘扬佛法的场景。特别是释迦牟尼没有成佛以前以身饲虎的壁画给我的印象最深,我还写诗作了进一步的注解:"跳崖的王子,以身饲虎/虎从往生中来,来自贪念痴嗔/来自俗世界的不满和掠夺/ 但虎并不知,这具肉体的伟大/在于饲养了世界的饥饿和痛苦/世界从此少了苦难/就像痛苦在吃饱了以后/就变成幸福。"对增长佛教知识也有一定益处,比如我们原来以为飞天都是一些身材丰满、露脐的美丽女性,通过参观和听讲解我才知道,飞天原本是一对恩爱的夫妻,一个会跳舞,一个会弹琴,后被佛家吸收,才变为今天的男女不分或只有女性飞天的形象。但在莫高窟中的其中一个洞窟中，就出现了这种男女飞天，虽然只在壁画的一个拐角处看到了这一不同，但已让我们收获不小。再一个便是佛像的胡人形象，因敦煌莫高窟处丝绸之路的西端，与西域邻近，受西域壁画和佛像的影响，加上北方历经十六国、西魏、北魏、北周、隋、唐、宋、西夏、元、蒙古等朝代，大部分时间处在少数民族统治下，这些少数民族中有崇信佛教者，往往开凿建窟，或重修佛窟，像建立北周的鲜卑族就在敦煌修建了大量的佛窟，所以出现了胡人佛。

由于参观的游客较多，我们并没有全部参观，只参观了7个窟。这也是景区为减少窟内壁画和雕塑与空气接触所设立的一项规定，对于这样的保护措施，我们也没有怨言，毕竟现在的敦煌已成了世界文化遗产，能够将保护的意识上升到此也算是一种幸事了。不管是为了发展旅游业，还是真正出于保护的目的，现在敦煌莫高窟不再遭受到人为的破坏，有一部分还得到了修复，这就算极大地安慰了我们的心灵。

从莫高窟出来，我们又去了鸣沙山和月牙泉，一座沙漠公园。在沙漠中我们看到好多人在滑沙和攀爬木梯，很是兴奋，但对我这个从小在巴丹吉林沙漠边缘长大的孩子来说，没有多大的吸引力。我重点还是去了月牙泉，从沙漠腹地找到了那眼位于沙漠中的泉眼。月牙泉四周已经用围栏围了起来，旁边还修建了一座木楼和四合院。整座建筑透着古朴的明清风格，也有着历史的沉淀和渲染。夕阳的余晖中，我看到了它最美的一面，我匆忙按下快门，给它留下了几张美丽的画面。之后，我们爬上木楼，穿过木楼回廊、栈道，远望鸣沙山，看到四处是攒动的游人，丁香花的香气萦绕在这座四合院之中，院中还有一口钟和一尊菩萨像。

等回到住处已是晚上八点多钟，本来是要去吃敦煌特色驴肉炒黄面的,但我们还是选择了一家川菜馆。

　　第二天去的是玉门关和敦煌雅丹地质公园。玉门关,这个让古今文人向往又激发豪情的地方,一句"羌笛何须怨杨柳,春风不度玉门关"就将古今多少人置于大漠孤烟直的悲伤境遇里。其实,在看到玉门关的时候,我们几乎都有些大失所望,一座小得几乎和古人家的院落差不多大小的古城矗立在我们的面前,而处在南面和西面的两个门倒是挺宽阔。我在诗中写道:"玉门关就像一只干瘪的皮袋/挂在丝绸之路的腰间……"在这里瞩目四望,四周荒草萋萋,地势平坦,但也有一些低矮的土丘,延伸向远处。草丛中或碱滩上,还能看到车辙路印,这是今天的路,还是此前的丝绸之路呢?作为此前大明王朝设立的最后一个关卡,过了玉门关就是关外了,正所谓"西出阳关无故人"。这是多么悲情的写照啊。古人因为历史的特殊原因,对此有着深刻的体会,对我们今人来说也是一样,这种荒凉和孤独是无法避免的,这种空旷和孤注一掷也是无法描述的。后来大明王朝连玉门关也放弃了以后,退居嘉峪关内,玉门关成了关外之关。此前过往的商队依次从这里走过,检查通关文牒的盛景不再了,遗留下的只有这座空城。就像今天我看到的一样,它干瘪、空荡,是被时间掏空,还是被风沙掏空?这里虽再不会有征战的将士,也不会再有骆驼商队,但历史已经深深地印刻到它的身上,它代表了孤独的视野,它代表了孤独的思乡,它还代表了孤注一掷、宁死不屈。这是一种历史的象征意义,有着不可避免的历史记叙性,只要看到它,我们就想起了那些和它有关联的诗句,那些和它有关联的人物。

　　为此,敦煌市人民政府为吸引更多的游客,不但在市区十公里外修建了一座玉门关城,还定期在那里表演送行出关仪式。但到底它只是现代人的臆想,而真正的玉门关是多么悲壮,充满着多少豪情,是今天新建的那个景区无法比拟的。

下午参观的雅丹地貌地质公园，让我们了解了远古时代敦煌一带的自然环境，这里是罗布泊，也就是古代蒲昌海的边缘地带，我在来时一路上都观察到了荒凉的戈壁上被水流冲刷的痕迹。这里的雅丹地貌很明显带着远古时代水流的影子，追溯它的形成过程，果然发现与水有关。罗布泊原来是一个大海子，这里生活的楼兰人建立了一个富裕而美丽的国家。由于他们的乱砍滥伐和气候整体变暖，蒲昌海最终消失了，罗布泊也最终变成了一个被称之为"魔鬼城"的地方。这里被水流风沙刮割形成的雅丹土堆，有的形如城堡、佛陀、供坛，有的形如轮船舰队，这里的风就像是剥蚀器，还在不停地剥蚀刮割，我想最终到这些奇形怪状的土堆完全消失了，它才会停止。而那时这里将又是风沙弥漫，让我们感受到上天的惩罚。

　　虽然从敦煌雅丹地貌地质公园回到敦煌市区已是傍晚时分，赶回高台已是半夜，但这次敦煌之行，总体还是非常有意义的。特别是在游览敦煌莫高窟和玉门关城时，它们带给我的历史信息，让我感受到它们的沉重。而雅丹地貌景观，则给予我更广泛的地理意义上的历史变迁之感，这两种历史的变迁唯有一种震撼可言，因为它们都给予了我心灵上的震撼。一个是今生的向往，一个是前世的再现，哪一种都有其存在的意义，因为它们是人类的符号，是历史的象征。唯有它们存在才给予我们最好的解释。

　　历史，随着大巴车的远去，渐渐被我们扔在身后。离远的敦煌，渐渐隐没于暮色之中，但我相信，我还会再来，因为它是我的一段乡愁，越在时间的深处，越浓烈。

美丽七彩丹霞

世界上的风景千千万,但风景与风景之间,也是千差万别。有险峰、沟壑,有草原、山谷,有雪山、平原,有戈壁、大漠,有大江、大河,哪一处都有它独特的美。而位于张掖市临泽县的丹霞堪称一种奇崛的美了。

那种美是震撼人心的,那种艳丽是令人晕眩的。临泽丹霞以色彩著称,以七色构成了它的绚烂之美,像画布上涂上的颜料,令人难以置信,所以,它又被称作彩色丘陵或七彩丹霞。第一次游览丹霞以后,我便久久难以平静,这究竟是一种怎样的天造地设啊。后来,我曾在一首诗中写道:"我相信地球的内心藏着一位伟大的画师……"否则我们怎么能看到这么让人惊艳的作品?有人说它是天上的彩虹在这里投下的影子,也有人说它是火烧的,而临泽人则把丹霞传为女娲补天时留下的彩石所化……不论何种,丹霞无疑是由土质中的矿物质与水中的矿物质反应变来的。可以说,像这样的七彩丹霞一定是水"泡"出来的。水在这里起到了关键性的作用。从几个崖畔来看,只有接近崖顶的地方保留了原来的地表,一米以下有明显的水冲刷的痕迹。有如此高水位的水,可想而知当时这些山丘大多都被埋在水中,长年累月,不知何时,这些水才退却。而经此一历,这些山丘才蜕变成这样。可以想象当时山的绝望心理是何等强烈！但正是在绝望中求得生存，才又迎来了它的再一次复生，而且是一次"丑小鸭变白天鹅"般的复生。正如临泽人所说的那个关于女娲的神话传说，它与生俱来带有神性，如今它不过是长大了，变成了它原来的样子。但不管怎样，丹霞已经在这里存在了几百万年，几百万年里它默默暴晒，或风吹雨淋，后来人类出现时，又被踩踏在牧羊人的脚下，被羊群踩出无数条羊肠小道。看着眼前被禁止踩踏、被开发成地质公园的丹霞，世代居住临泽的人难以置信地说，谁能想到呢？以前的穷山沟，穷得只剩这些山了，光秃秃的羊都没个啃头。现在他们好多人临着丹霞地质公园都开了饭馆、农家乐、家庭旅馆，他们现在真正是靠山吃山了。这真得感谢那位发现它的郑复新大校了。他的文字，他拍的照片给临泽丹霞留下了深刻的一幕，也改写了它千百年来的历史。时至今日，它已成为享誉世界的"十大神奇地理景观"之一。

  而从游览和观赏的角度讲，临泽丹霞中有几处观赏点是值得说一说的。其一便是被称之为"古冢"的地方。那是一处临近公园进口的地方，一排活似封闭的"古墓"并排矗立在山脚下，"墓"是一些圆形土丘，较之其他地方的山丘，这些山丘较为矮小，与其身后的山融为一体，但"墓"的形体还是突显出来。说"古冢"，即有它不凡的存在。比如这处"古冢"之景，也是由七种颜色交相构成，让人一看定然不会想到它是凡人之"冢"了。有的"冢"是土黄色，有的"冢"是红褐色，有的"冢"又是青色或苍白色，还有的是红、黄、蓝夹杂着变成一个五彩斑斓的形体，这五彩的颜色让这些"冢"都像是有了羽化成仙的感觉，你还能认为这是凡间之地吗？

  还有一处让我记忆深刻的则是"众僧拜佛"。上到观景台往下看，便可看到那些匍匐在地的一众僧侣，把头深深地埋下去。那一个个宽大的袍影之下，背影的虔诚无不让人敬佩。再瞅看那眼前的大山如端坐的凛凛大佛，让人心生敬畏。也不再相信那只是一座不起眼的山丘，而是一尊佛了。忍不住，自己早已在心里也双手合十膜拜了。这一处，景致的颜色虽不丰富，但众僧之态栩栩如生。如果在丹霞山的别处欣赏的是色彩之美，这一处欣赏的可谓是雕塑之美。

而还有一处则是丹霞地质公园的主景观区，那里才是真正的七彩丹霞。当车停在山下时，我们就已被那一道艳丽的色彩震撼了。首先映入眼帘的是一条蜿蜒向东几公里的彩色山丘，宛如一条七彩飘带悠悠荡荡飘向远方。包括那些条纹的波浪弧度，彩带之间的宽度的比例，都让人惊疑，那是画下的还是天然生长的？因为这样大面积的山丘地貌，人工是无论如何也没有办法操作的，而这天然的造设，也太不可思议了。那些彩带之间恰到好处的比例，怎么又能是天然的呢？不过惊叹之余，还是移步登上观景台，才发现何止是这一处，在这里到处都有这样的彩色山丘，极目望去，延伸向天边。但凡肉眼所见之处如漆泼下，成一些绘在山丘上的画幅，在山丘突兀的形体衬托下，那些画幅也就有了立体感。山景到这种程度，也就不光是欣赏它的景色了，更多的则是欣赏它无与伦比的让人惊叹的作品。这是来自地球的绝笔，也是来自大自然的鬼斧神工。我们只有叹服。

除过这三处，其他几处的观赏基本停留在这些景致的延伸段，没有之前那些景观的震撼，也没有与之区别的不同之处，无非是大与小，颜色的丰富与单一，浓艳与淡化，就像这些已处于画布的边缘，在画布的中心之外，画家仅仅只是想不让画布留白太多，而在这里略施"粉黛"，就近成画。在别的景观地带，值得说到的一处就是张艺谋于2009年曾在丹霞山中拍摄过电影《三枪拍案惊奇》，在此间留有拍摄时电影中做面馆的一处砖房。除此之外，若论取景地，还有一处是，站在观景台上可看到一条山路如巨蟒蜿蜒在丹霞山中。尤其在七八月份，山路两旁还有些绿草覆盖的时候，远望，山体通红，七彩相间，加上路边的绿色，往常我们老说绿叶丛中一点红，而这里就成了红花丛中一点绿，显得更独特了。

除过赏景，丹霞也是摄影的绝佳之地。大多景物都是以色调吸引人，而颜色是摄影艺术不可缺少的因素。据有经验的摄影爱好者说，雨后的丹霞拍照是最好的。那时的丹霞颜色会更艳丽，就像出嫁的新娘，红盖头，满身七彩霞衣，那种美让你神魂颠倒！天下游客无不为之倾倒！

黄昏到来，晚霞退却到丹霞山的暗影里，一点点被黑夜吞噬，这时我们才感到丹霞的色调也一点点要沉浸在梦乡之中。而当晨起的朝阳爬出地平线的时候，丹霞又从云彩和天边的亮色里一点点复生过来，由暗到亮，再到鲜活、艳丽。如此每天反复，如此转换呈现着它的明丽动人，让美如一道美味久久留存在我们的记忆里。

如今的丹霞誉满世界，它正以瑰丽的色彩征服着来这里的各国游人，它从来似一位仙女一般，身姿绰约，懒懒地静卧在天地一角。

淳朴的罗城

下午,我从一个叫不上名的家属院门口走过的时候,看到一个长着络腮胡的圆脸中年男人,骑着一辆铁皮焊制车厢的红色三轮车正从家属院门口走过。三轮车的车厢上贴着一张白纸,上面写着"正宗罗城胡麻油"。而在我所在的这个小城里,"罗城"两个字知晓率非常高,比如罗城面筋、罗城拉面、罗城醋、罗城烧壳子等。为什么大家会对罗城的东西这么推崇呢?

比如说,对于面筋,高台很多地方的人都会做,而不光是罗城人才会。胡麻油也是,很多地方也种胡麻。醋也是,在高台手工醋没落和濒临灭绝的时候,罗城还有人在做纯手工醋。至于罗城面筋、罗城拉面、罗城烧壳子这些都用小麦面粉做成的食物,体现出罗城面粉的筋道、有味。这是吃过罗城小麦面粉做成食品的人说的。

罗城的小麦面粉为什么就这么好吃呢?那是因为罗城污染少,日照充足,小麦生长周期长,所以磨出的面粉筋道,做出的面筋、拉条也就筋道,做出的馍馍自然也很有味道。

在高台,罗城的名气甚至大过高台。那是因为高台自汉代建县,后来的县址一个是骆驼城,一个就是罗城。明代时,在高台曾设立过两个守御千户所,一个是高台守御千户所,所址在现在的许三湾古城;一个是镇夷守御千户所,在罗城。这两个千户所后来被合并为高台县。而在这两个千户所中，镇夷守御千户所的所址——镇夷城规模要比许三湾城大很多，建成也早，人口也多。而且在镇夷城的修建布局上，结构复杂而庞大，什么文庙、孔庙、城隍庙、财神庙等一应俱全。从这一点上可以看出，镇夷城的创建者不但是个很有眼光的人，而且是一个有文韬武略的人。他知道文化才是一座城传承的命脉。而且罗城人还很重视教育，在镇夷城建立不久，这里就设了第一所社学。不同历史资料显示，这也是高台历史上最早的社学。虽有在魏晋时骆驼城建有建康书院之说，但截止到现在都没有确切的文献记载，有的也都是后来清代之后的事了，明显比镇夷城的社学要晚很多年。而且，在罗城天城出过两个名人，一个是白兆庆，是明代时的一位将军，最高做到九门提督，后被人诬陷，身死他乡，当地老百姓为纪念他，将进天城途中的一个烽火墩命名为白孤墩。另外一个便是在清乾隆年间，天城的名将——阎相师。这个阎相师一开始就在镇夷城中当兵，从小统领做起，一直做到平羌大将军，在平定叛乱时屡立战功，被乾隆皇帝拜为将军，封在陕甘一带，做过陕甘总督，死后加封太子太保，其遗像被挂入清王朝名臣汇聚一堂的紫光阁，其事迹被刻碑立传，乾隆皇帝赐字。这是令罗城人自豪的，因此，至今罗城天城北山上阎相师的家族墓一直都有人守护，被保留下来。据罗城天城本村人回忆，早时，在镇夷城里有两处大的宅院，一个是白兆庆白大人的府邸，一个就是阎相师家的。只可惜这两个府邸后来都被拆除了。被拆的还有整个镇夷城，是为修建新的高台县府，用了镇夷城的木头。据说，当时用解放牌的大卡车从镇夷城中拉出了二十多车木头。

所以，高台本地人都知道先有镇夷城，后有高台城。要不是一场大洪水冲毁了镇夷城，说不定县城还会设在那里。

因此，罗城人的自豪感很强，他们的自豪感是天生的，是他们老祖宗给的,说得再具体一点,是白大人和阎相师给的。他们称自己是名门之后。他们的文化也是一脉相承,明清时出过阎佩璋、蒋佩兰、阎汶、贾生连这样的大诗人,当代也有人效仿先辈写诗论文。在天城还有一个农民诗人叫侯继周,写了一本《墨龙诗稿》,听说这位老先生患病,这本书也一直没有出版。书虽没出版,但他后来参与了本村村志的编写,也收录了一些书中的内容。还有作家蔡军、研究历史的专家闫廷亮、新闻人赵海,他们都出自天城。罗城天城村是高台全县中第一个编村志的,这都得益于这个村子人杰地灵,文化氛围要比高台其他地方浓郁得多。

罗城以天城而闻名,就像高台以罗城而闻名一样。除此之外,罗城的山水也是极好的,黑河从腹地穿过,西有常丰的平顶山,东北有合黎山围绕,可谓是一个三面环山的聚宝盆。加之,黑河穿山而过,形成正义峡谷,内有苏台云香、紫塞平沙、赵墓烟冥等正义八景,并有黑河小三峡之称。早年,峡里有大片桃林、梨树林,每到春季桃树、梨树花朵竞相开放,白似云朵,粉如朝霞,算得上是一处美景。而峡里,黑河两岸长满胡杨,一到秋天似火烧两岸,美得惊艳。还有传说大禹治水开凿的石门,至今还留有清代毛目县丞王林的"煅石开路"刻字。

正是罗城有着这样秀丽的风光,传承后继的传统,底蕴深厚的文化,这里的人才一直保持着淳朴的禀性,罗城也才被高台本地人一直认为是没有被污染的净土。

水 行胭脂

胭脂堡不过是个小小的村庄,在地图上一般很难找得到。它的大概位置在高台县北部的合黎山附近,居黑河东岸靠近黑河的地方。现在它四周布满沙丘,村庄多处,都被沙漠所掩埋,就像一个身处逆境中的人。从其四周的地理环境来看,它此前肯定不是这个样子,应是绿树成荫,黑河水环绕村庄而行。

听村里人说,村子里原有一眼泉,名叫胭脂泉,这个村庄的来历大概也与这眼泉有密切的关联。关于这眼泉还有一个美丽的传说,说是宋代杨家女将,在宋朝与西夏对抗的时候,途经这里,饥渴难耐便在这里打水解渴。加上女人们行军数日,风餐露宿,满面灰尘,见此处有泉水,更是欣喜,当下决定宽衣解带梳洗一番。从此,这眼泉方圆几里都可以一直闻得到胭脂粉香,这个泉也便由此闻名,当地人就把这眼泉叫胭脂泉。当然,传说毕竟是传说,这只是当地人夸大其词的说法。后来,泉水边有人家陆续迁过来建了堡子,人们把这个堡子叫胭脂堡,新中国成立之后,这里建了村子,叫胭脂堡村。

胭脂堡的来历大致如此。在2002年,第一次去胭脂堡以后,看到它掩于沙漠中的凄惨情景,不免感慨了一番。原本想,这个比邻黑河的村庄,怎么也是绿树丛生,青草依依,没想到看到眼前的情景傻了眼。但在问过本村的人之后,才知道它原本不是这样。如我猜测的一般，它的绿现在有很多人还记忆犹新。村里的人说，这个从东边和南边的河床就可看出来。黑河此前宽大的水域，曾给予这里丰饶的绿意，成片的胡杨林环绕村庄。据说，这里以前还有"鱼米之乡"的称号，外出需撑船前往，走一段水路，才上陆地。四周的芦苇、青草茂密生长，碧绿的河滩随处可见，可以说是一幅风吹草低见牛羊的如诗画卷，又一个小小的额济纳草原。

但到后来黑河逐渐干涸，河床多次改道，那眼泉也逐渐干涸，而本来波涛汹涌、宽阔的黑河现在也变成了个不过百十来米宽的小河，此前宽约两三里地的黑河已成遥远的传说。当那眼泉再也冒不上水来时，四周的草地也开始退化，土地沙化、荒漠化的迹象也明显显露出来。虽然在村东村北的沙漠腹地一些地方依稀还能看到裸露的泥土，和顽强生长着的芦苇，很显然那里应该是早期的河床，或者是沼泽湿地，但现在极目处都是黄澄澄的沙丘。还有一处沙漠竟然已堆至房屋的屋顶。那几棵白杨树还在努力地生长着，树的半截身子已被沙丘掩埋，这是一种让人无可奈何的绝望的处境。

我在沙漠里游走多时，四处察看那些水曾经流经的地方。有芦苇的地方必是曾经有水的地方。现在看来，早先这里要么水意纵横，有大片的湿地存在，要么就是黑河未改道时是从村东面流过去的，或至少也是傍村而过。那种恣意的磅礴，河面的宽阔，至今让胭脂堡村人都还赞叹不已。人们说，以前要出行到镇上，都先要坐羊皮筏子才能到河对岸，这是胭脂堡村的老人记忆深刻的事，也是胭脂堡村的一大特色。

所以，你别看现在的胭脂堡村黄沙漫漫，被沙漠掩埋了一半，从那几棵生长在沙漠中茂盛的白杨树和不时从沙漠中心裸露出的一小块湿地就可看出，这里实际上并不是一个缺水的村子。后来，我再到胭脂堡村时，看到一些沙丘上已被种上了大

片的树木，只有胳膊粗的树苗长得英姿勃发。我看到一根水管不断向树沟里灌水。对着依稀散发出的一些绿叶，我在想，这里只要有水就能变得绿意盎然。

　　其实，胭脂堡，它本是一个与水有着千丝万缕关系的地方。现在，我只能对着它回想那段水意纵横的时光，那时，它该是多么的畅然，多么的惬意，多么美！

寻找野糜子湾的美

在罗城万丰村的北面有一片小巧而灵动的湖叫野糜子湾。

它邻着天城湖水库，其实也算是天城湖水库的一部分。但它却常常被人遗忘，管水的人每年春天从河里引水将水库和野糜子湾灌满，到每年夏天和秋天放水的时候，天城湖水库里的水放干了，野糜子湾里的水却没人动心思。记得只有一年，天实在旱得受不了了，农田的庄稼快要渴死了，附近庄户的人看到野糜子湾还有水，才搭了根管子，抬来柴油机，"突突"地抽了几天。除此之外，再没人动过它的心思。有时候我也想，是不是像我一样，所有见过它的人，包括附近的村民，都有一颗怜香惜玉的心。它在我们的心里是如此的灵动，如此秀美，而且美得如此惊艳，几乎达到了一种令人窒息的程度，已美得让人不知道说什么好。

在那些喜欢它的人中，我们的喜欢只是站在远处看它的美，欣赏它的美。有一个人对它的喜欢却是默默地守护在它的身边，就像守护自己喜欢的人一样达数年之久。他也是关照野糜子湾最多的那个人，他就是那个水库管理员。

就是他一直在延续着野糜子湾的生命，如果没有他，野糜子湾早就不知道干过多少回了，早成了一摊烂泥巴。每年春天他要为它蓄水，像关照他的水库一样。尽管野糜子湾并不在他的职责范围内,但他每年都未落下过。他就是通过那水维系着他与野糜子湾说不清道不明的情结和关系。常常,我们看到他用深情的目光看着野糜子湾,好似那是他的一个情人,也像他收养的一个丫头,让它静静地卧躺在那里,任它荡漾着,明媚着,野蛮生长着。而野糜子湾是透过湖里的芦苇生长的,芦苇们长得像野糜子湾一头长长的秀发,飘逸而灵动;湖里的鱼也野蛮生长,吃着那些茂密的水草,不需要谁去投食,就那样自顾生长。鱼群还吸引了一些人到野糜子湾捕鱼或钓鱼。野糜子湾里的鱼也确实好吃,由于是野生的,所以也就有了几分野味。湖里都是三四指宽的鲫鱼。鲫鱼汤是一种大补之物,伤了元气的人喝鱼汤最好了。所以,常有附近的人到那里捕鱼。但湖里的鱼儿们也似乎机灵得很,一见有人,便游到湖中间去,那里芦苇茂盛,加上湖中水并不深,船是无法行开的,所以,鱼儿们只要远远地躲开,人就无计可施了。如此,野糜子湾里的鱼才得以生存下来,自由自在地在那里繁衍生息。由于长时间不捕,有的鱼的大小甚至超过了一巴掌,肥美的鱼身游弋在水中,让人们不免生出垂涎之欲。

其实,野糜子湾的美是我在偶然间发现的。在此之前,我曾多次从那里经过,但并没有发现它那动人心魄的美,也觉得那不过是一处十分平常的景致罢了。因为在罗城那个地方,这样的地方实在是太多了。比如夏日清晨的黑河滩,尤其是镇江村与马尾湖连接处那一段,当成群的骡马被赶入河滩时,那美是让人浮想联翩的。那美是我在一次孤身一人去河口时发现的,而此前也来来往往于此数次,却从没有发现,也没有感到过它的美。而马尾湖的西湖湾,特别是在八九月份水库水放得差不多了,在水库西边的西湖湾会裸露出一片草滩,这时附近镇江村的村民会把牛马赶到草滩上放牧,远远望去,前面是碧蓝的湖水,中间是绿色的草滩,而不远处又是橙黄的沙漠,那美真的美到人心田里了。在此前,我经常遥望它,也近距离地观察它,却都没有发现它如此之美。而在罗城这样的草滩湿地就太多了,湖泊也太多了,像天城湖、后头湖、明塘湖,都是一碧万顷的妖娆样子,但看得多看得久了,要么有了视觉疲劳,要么就习以为常了,我也不会觉得它们有多美了。就像野糜子湾,其实也去过或路过多次了,唯独那次,有人叫我们去吃鱼——就是那个天城湖水库的管理人,我们同为水利人,因为水将我们心心相系,也正是那天,我发现了野糜子湾的美。

那是个雨天,刚刚下过雨。雨来得快,去得也快。没过多久,天就放晴了,太阳仍然散发出闷热的气息,一股子雨沤坏的味道,冲鼻而起。刚还说着,这雨,这天……话音还未落,电话就来了,说,趁天黑,捞了几条鱼,来尝尝吧!

我们走在野糜子湾的一条土路上,路就在万丰村的西边不远处。那是一条红砂石路。这种红砂石出自附近的山上,山本身就呈红色,是一种风化的红砂岩。这样的砂石垫路,即使下雨,路也不显得泥泞。罗城这边的土多为碱土,遇水则不成形,稀泥成灾,走上去很容易落陷或打滑。尤其下过雨,路就更不能走了。那路自垫了红砂,路面也坚硬了许多。

我们骑着摩托车一路呼啸直奔野糜子湾。我们到野糜子湾时,那人手里还拿着一只网兜正在收鱼。我们驻足在那片优美的湖面前,青翠而茂盛生长的芦苇,一丛一丛的,煞是好看。野糜子湾浓眉大眼,眼睛清澈得能望见它的心底,长发飘逸,这不是十足的美女一个,又是什么?它的右边就是天城湖水库,而再往西就是黑河了。野糜子湾、天城湖、黑河连成一片,碧水连天。那时,正好黄昏时分,晚霞似火烧残云,头顶的天空是红彤彤的一片红,下边碧水映霞光,天水连成一片。唯独野糜子湾的那片绿又独独地像一丛燃烧的绿火,从这红色的火焰中剥离出来,那美就有一种遗世独立的感觉了。

从此以后，在我的心里就记下了一片叫野糜子湾的美景之地，我曾比喻，说它是一块翡翠宝玉镶嵌在这块略显荒凉的土地上。因为在它的东边就是合黎山的沿山地带，当地也叫万丰山，除过光秃秃的红砂岩和戈壁滩，再没有什么了。就是这片水域和绿洲泛起了生命的痕迹，让这里不再陷入绝望一般的荒凉里。这几年，只要一有人来，我都会带着他们到那片叫野糜子湾的湖畔前驻足片刻，让他们也能欣赏一下我所发现的那片美。

现在，在万丰村东边已重新修建了一条公路，是通向不远处的天城村的。每每从这路到天城村或正义峡，我都要驻足，站在一个叫凤凰墩的烽火台上俯视片刻野糜子湾的美景。凤凰墩不仅离野糜子湾很近，而且本身是沿山的一个缓坡地带的制高点，可以看到野糜子湾的全景。每次路过，我都像看不够似的，每次走时都被人催着，依依不舍。离开了就很怀念它，想着它长发飘逸俊秀的样子。

这许多年里，我的心里也埋藏了许多的美，唯有野糜子湾的美是最让人怀念的，它有一种摄人魂魄的美，像刻在了我的心里，成为一种刻骨铭心的美。

一 声马嘶

在我的心里一直有一匹马在嘶叫，我不知道它是何时走进我心里的。它低沉悲鸣……

大概是十多年前，我在县城博物馆参观，偶然看到了作为博物馆镇馆之宝、一级国家文物的那个汗血马木马雕件。木马出土于高台县骆驼城许三湾古墓群，高约50厘米，长约70厘米，马身膘肥，四肢健壮，马头昂立做嘶鸣状，浑身涂满红色。这匹木马有一股凛然气势，就像刚刚从阴山上奔跑下来，我们似乎依然能听到它昂扬的嘶叫声。

很多年，我对马的意识其实很模糊，自这次参观以后才对马有了一个明确的认识，并在此后多次在草原以及其他地方见到马的身影时，才如一个老朋友般走近它。

最开始对马的认识是从我出生的那个叫王马湾的村庄开始的。但是让我一直纳闷的是，在我们那个叫王马湾的村庄里从来没有一匹马，村庄名字里却有着一个"马"字。我曾无数次设想，比如曾经在这里居住着一些姓王的人家和一些姓马的人家，所以才叫王马湾，后来姓王的还在，姓马的都迁走或没有了后人。

直到很多年后，有人给我讲了一个关于骆驼王的故事，我才找到了答案。传说，这个骆驼王占据了离我们村庄不远的骆驼城。骆驼城是一座古城，始建于汉代，魏晋时曾做过北凉国国都，到隋唐时在此设建康军。骆驼王占据了这座城后，便统治了附近的村镇，让附近的村民为他干活，也为他养马。王马湾因临近黑河，草滩湿地多，便成了骆驼王放马的主要地，后来这里便被称为"王马湾"，意为为王放马的湖湾。后来，由于正统意义上的领土统治，骆驼城被重新收复，骆驼王在短暂的统治后慌乱逃窜，并留下了"米山面岭""饿马摇铃，悬羊蹄鼓"的传说。骆驼王走得急，也没有留下名姓，大家只记得有这么一个"王"曾在历史上统治过这里，至于他是汉家还是少数民族，不得而知。

即便如此，我们也不会从这些统治者身上找到与马有关的丝毫牵连，也不会想象他们之间会有什么关联。在大家的记忆和印象里，抑或是想象里，这些统治者不过是历史更替变化留下的印迹。甚至马还没有完全走进我们的视野，就像它仍在阴山以北，在凛冽的寒风中，历史的帷幕就已经落下。这个骆驼王的放马滩仅仅只是将马牵入了我们所熟知的历史，它到底怎样奔跃，怎样疾驰如风，我们也不得而知。

其实，一开始我很怀疑世界上有马这种动物存在的。后来村子里的大人们说，马是骡子和驴所生，那是凤毛麟角，所以，能生下马驹子那是驴骡中的龙凤。而骡子和驴大多数情况下只会生下驴骡子和马骡子。马骡子更接近马，却仍然不是马，只是个头大，像马。而驴骡子个头更矮，几乎就是驴的翻版。再到后来，我上过学，看了一些相关的书籍，也走了一些地方，才知道村人给我们传授的知识是多么浮浅，又是多么无知啊。马，就是马所生，为什么要让驴和骡子生呢？

但对于小小的王马湾这样一个村庄而言，村庄里的人对马的认识也只能是这样狭隘。没有见过马的他们只能靠想象来还原一匹马的形象。在当地除了流传过骆驼王的传说，还曾流传着月氏乌孙的传说、霍去病战匈奴的传说、土匪的传说，这些传说刚好可以激起他们的想象力，刚好可以还原出一个月氏或乌孙人驱赶着马群，在黑河岸边放牧的情景；也可还原出霍去病将军驰骋千里，奔跃于戈壁大漠、草原英勇作战的飒爽英姿形象。包括后来在村庄里流传的土匪、马家军都是以骑着高头大马的形象出现在人们的想象里，那些马奔跃起来一定忽如闪电，而坐在马上，那本来矮小而卑微的身体忽然之间也高大起来。这是大家留下的对马的最后想象。

到后来村里有了电视，从1986年版的《西游记》中看到拍摄的天马镜头时，大家才真真切切地看到马的风姿和马在草原上驰骋的景象。1986年版的《西游记》中的天马镜头据说就是从我所在的张掖山丹军马场取的景。那里曾是国家指定的军用马场，是专门为国家培育军马的地方，为亚洲最大的军马场，已有两千多年的历史。

很显然，在我们当下的时代，除过在电影、电视里能看到这样宏大的马群集中的场面，在现实生活中几乎很少见到。

随着热兵器时代的到来，马这种冷兵器时代的战争产物已濒临灭绝，据我所知，在山丹军马场马的数量现在不过三四千匹，而在它鼎盛时期这里所养马数达到十几万匹。在冷兵器时代，马可以提高军队整体的速度。所以，在古代都重视养马，少数民族则更甚，一般我们也称少数民族为马上民族。像在张掖生活过的月氏、乌孙就非常善于养马。两国本以黑河为界，月氏居西，乌孙居东，和平相处，后生活在黑河以西的月氏自恃有了十万骑兵，便欲望膨胀，打败乌孙，连乌孙王的头颅都被月氏王砍下当酒器，遂乌孙人恐惧而亡走新疆伊犁一带。而后来的匈奴则以更凶狠、更强悍的形象出现在月氏人面前，月氏人也败得一塌糊涂，慌忙向西逃去。此后，便是汉武帝派霍去病将军将匈奴赶出大漠五千里，统一了河西，将河西正式划

入大汉王朝版图。

所以说,无论战争如何,它都是带有目的性的。月氏人发动战争的目的就是想独占张掖这片草原,以供自己的羊马生存。匈奴人也是。从中我们看到了"马"在这些历史进程中发挥的巨大作用,"马"军的强大与否是决定战争胜败的主要因素。

就像汉武帝为打败匈奴,不惜一切代价,甚至发动战争从大宛国引进汗血马。他清楚地意识到,只有通过马种改良,建立自己强大的"马军"才能最终战胜匈奴。因为此前,他吃过匈奴人骑兵的苦头,文、景两帝也和匈奴开过战,但都以失败而告终,文、景两帝只好以和亲这样委曲求全的办法与匈奴交往。到汉武帝时,匈奴更是骄纵跋扈,并不时对汉朝边民掳掠抢杀,已到汉朝忍无可忍的程度。这也是汉武帝执意要向匈奴开战的原因。但与匈奴一仗打下来花光了文、景两帝积攒的所有积蓄,充盈的国库所剩无几,汉王朝也元气大伤。可见汉武帝也是花了血本。

有关马的战争史例上至先秦时期,近可延伸到近代史上发生在河西的那一场惨烈战争——红西路军河西之战。当时在极端恶劣的条件下,西路军不但缺弹少粮,更缺乏迅速行军的马匹。西路军虽也有骑兵,但数量少得可怜,没两下就消耗完了。而敌军却有马匹数量占绝对优势的骑兵,最终一步步将西路军逼向绝路。

当然,在张掖的历史上还有鲜卑、吐蕃、党项、蒙古、回鹘等民族相继到来。这些都是草原民族,也是养马民族。他们发动了一次又一次战争,目的也无怪乎是与汉民族争领土,占有草原,以供他们养马之需,民生之需。而在这些战争中,无怪乎都在比拼和依靠各自的"马军"实力。在这些少数民族中蒙古的骑兵实力最强,他们基本上都是骑马作战,几乎没有步兵,所以,他们充分利用和掌握了骑兵作战的优势,击败当时的宋和西夏。西夏虽战胜了北宋，但却输给了蒙古。而宋朝骑兵最弱，也不擅长，在三方作战中败得最惨的就是北宋。足见在过去的冷兵器时代，直至近代战争史，马的作用是不可小觑的。

所以，在新中国成立初期，国家一度高度重视骑兵建设，并在张掖境内的山丹马场重新建立了军用马场，一度养马数量超过万匹。

其实，在华夏历史进程中，整个张掖一直作为马种繁育基地，源源不断地为各个王朝输送着战争马匹。是因张掖得天独厚的自然条件，这里湿地湖泊多，水草丰美，到处都有草原，正适合养马。从春秋战国时期，一直到近代，这里"马"迹随处可见。就像我曾工作过的张掖西北边的一个叫罗城的小镇，那里的水滩湿地星罗棋布，黑河岸上青草茂盛，成片成片，俨然一派草原风光。而其中有一个与我相处了几年的一座叫马尾湖的水库，也有着一个"马"字。据当地人告诉我，马尾湖水库在民国时期曾为官家马场，新中国成立之后根据其低洼地势修建了水库，才成为一片湖。包括罗城的明塘湖、天城湖此前基本都为官家养马地。所以，才有了马尾湖这样的名字。到八九月份，我发现水库的水放空以后，水库西边会裸露出一片草滩，附近镇江村的村民依然会赶着羊马到这里放牧。每每看到一群群的羊马在湖滩上吃草，我都会感到，历史何曾相似，其实它从来都没有改变，处处都还留着它的印迹。就像月氏、乌孙、匈奴在最初来这里时，他们一定会惊喜于这里水草丰茂，他们一定想让他们的马如我眼前的马一样悠闲自如，啃食青草，多好！

后来，他们果真都实现了。他们养了更多的马，也有了更强大的"马军"。

只是历史在悄悄发生着改变，当冷兵器时代结束，随着热兵器时代的到来，马的战争功能被极大地削弱，或者说是根本再不需要马。而在劳动生产当中，拖拉运输当中，马又被各种机械和运输工具代替，马基本成了一个无用之物。而在现实世界里，实际上是除过极少数的马有着悠闲之外，其他马的命运就很可悲了。首先是马整体消失始于20世纪五六十年代。当时，新的国家政权建立以后，面对的正好是一次社会革命，也就是进行了一次新的生产资料的再分配。那些曾经在旧时代生存或繁衍下来的马，已基本完成了使命，便被作为生产资料进行了分配。一些战马就像当时的人一样，从战争走进普通的民众生活，成为生产建设的又一主力。马由此改变了千百年来最初的功用——战争中的奔跑者。马因此终结了它的战争使命历程。马被分配到各农户家中，当这一批马被使用得老弱不堪，或死，或被宰杀，它们的整体消亡正是从这一时期开始的。

美丽的黑河滩

沿黑河一路行走，或入深林，或越山涧峡谷，从崇山峻岭间穿行而过。一条白色的丝绸，时而蜷曲时而笔直地飘扬在大地上。牛羊、歌声，也便分散在这些山涧、河滩、峡谷。

这些河滩、峡谷，经过河流千百万年来的冲刷形成，或长草木，或为石滩，或为盐碱之地，但大多数以滩地为主。滩上杂草、树木丛生，有的地方既为成片的草地，像一条碧绿的绸带，围在黑河的脖颈里。特别是过莺罗峡口以后，地势变得更加平坦，沿河的草地绵长、宽阔，牛羊便随处可见，歌声便随处可听——完全是一幅草原风情。

而黑河在这样的平坦大地上，更是无遮无拦，奔涌向前。咆哮、翻滚着那无尽的欢畅，草丛里露出牛羊甜美的叫声，让人想起"天苍苍，野茫茫，风吹草低见牛羊"的千古佳句。这里的黑河滩就是这样的一幅景象：丰茂的青草，浓密的发丝遮挡着黑河那张清纯的脸庞，青春、丰韵，外加恬静，这里的河滩仍然显示的是草原许久以来的那种古典美和现代瘦身术下的纤瘦美。

顺着河流再往下走，是灌木丛生的林带。河岸上拥挤着一些孤傲的红柳，一丛丛护拥着河岸，岸边碱滩湿地生长着一些稀疏的杂草，没有牲畜啃食，只有这些红柳，抱守着自己的家园。但这些红柳，也一直在想着保护它们的领地，在最近的河岸上，一直延伸到那些田地边，好似人的接近让它们感到前所未有的恐慌。所以，这里的夏天和秋天一样冷寂。只有一些路过的候鸟偶尔停留，还有一些野兔、跳鼠偷偷地从洞穴里蹿出来，或嬉戏，或休憩，享受那一份大自然赐予的安乐！

　　下游是成片的胡杨林和草原，分散在河滩的两岸。胡杨树早在水域世界的装扮下，从五彩的缤纷中，探照出秋天的那句情话。秋，也慢慢地从红的、黄的落叶中退化，消隐在冬季的萧瑟中。而草原则是从这一刻开始，弥漫着向着远方前进，一直消失在黑河最终的尽头。这些河滩也便销匿了它们倩美的身姿，最后隐在大地深处。

　　……

　　如此尽数，黑河滩最美的还是它的春天和夏天。春天，春草翻绿，草芽儿蠕动着钻出地面，从黄绿变成墨绿，牛羊便缓缓地被吃进草滩。一抹绿，就像一张地毯，徐徐地沿黑河铺展开来，白的水、绿的树、黄的地、红的沙滩，远远地看去那就是一幅油彩画，在黑河的簇拥下弥漫开来。那红日，高高地举过山顶，水面的波光四射开来，耀眼得就像一面镜子。那些水鸟，如黑鹳、白鹭、野鸭、大雁早就迫不及待地纷纷下了水，在水里畅游。而牛羊呢，悠闲地在草滩上漫步，享受这人间之美。牧人们早在这绿色的地毯上翻滚着他们的梦，在云层上空，在草滩腹地，一层一层剥开他们生活的梦想。而夏天，河滩更是浓浓地被划过一笔，陪衬着黑沉的河水，泛着白光。牛羊踩着露水，啃食青草，已经有些膘的牲畜，把发了福的身体摇摆几下，又开始低头吃草。水鸟更是欢乐地唱着歌，在河滩间嬉戏，拍打几下翅膀，用嘴梳梳羽毛，看它们的恬静和安详，就像一些隐士，陶醉在这些山野风光里。

　　美丽的黑河滩，一路上都风光旖旎。像扁都口的油菜花，四五月里，金灿灿一片，像进入花的海洋。中游，湿地星罗棋布，除了草滩，沿河还生长着一些红柳荆棘，和一些沙枣树、白杨树，造就出成片的林地生长带。水湾、湖泊遍布，或用来灌溉取水，或作为城市风景的点缀，装着人们现代生活的那点悠闲。美丽的黑河滩最终让你忘记了戈壁的荒凉和旅行的疲惫，让你进入一个又一个水的世界，或一幅又一幅画家描绘的画幅，你无尽的遐思，用最深沉的那一束，装点作为自己故乡的那秀丽山河！

今朝酒泉

从张掖出发,走向酒泉,走到半道上远远地就能闻到酒香。这酒香是浑然天成的,就像那是一口大大的酒缸,酒香就从酒缸里漫溢出来。

而实际上那是一眼泉,一眼流淌着酒的泉。酒泉的酒那可是御酒,那是汉武帝赏赐给霍去病将军及众将士的。公元前121年,即元狩二年,霍去病奉汉武帝之命西击匈奴,进河西走廊,沿黑河,过黑山,进戈壁大漠,将匈奴赶出大漠五千里。为犒劳三军将士,汉武帝特赏赐御酒,霍去病虽年少,但却是一个重情有义、体恤将士的将军。皇帝赏赐的御酒他并没有独享,而是将那十坛酒,全部倒在了泉水中,与将士们共饮。酒饮罢,将士们更是豪情万丈,作战勇猛。而酒泉的名字也从此留了下来,与一个叫霍去病的人名,从汉代历史中悄然走了出来,走得那样悄无声息,而又那样轰轰烈烈。所以,但凡了解汉代历史的人都知道,酒泉是绕不开的一个地名,提到汉代历史,就会提到酒泉。因为汉武帝最初置设的河西四郡,酒泉就占了一席之地。而酒泉、张掖、武威、敦煌四郡的设立,标志着丝绸之路时代的正式到来。

对于酒泉来说,并没有因"金张掖,银武威"这一历史的说法,让这两个比邻的兄弟将优势占尽。酒泉也有酒泉的优势。

我国最早的卫星发射基地就建在酒泉，我们国家无数卫星就是从这里发射到太空的。还有我国最早开发的油田——玉门油田，在中国响当当的"酒钢"，哪一个名字拿出来都是让人眼前一亮的。相信到过酒泉的人，都知道酒泉有个卫星发射基地。现在那里已建成一座新城，不但作为军事基地，而且成了酒泉一处不错的旅游景地，正是这促成了这座航天城的崛起。酒泉还有敦煌，这个到现在都享誉世界的地方，它的名号已远远超过了管辖它的酒泉。敦煌莫高窟是我国著名的四大佛教石窟之一，700多个石窟和2000多座大小不一神态各异的佛像，是任何一个创造它的人都感到自豪的。酒泉也因此因敦煌而出名。

除此之外，酒泉还有玉门关、阳关等重要的长城烽燧遗址。这些关隘曾催生了无数古代边塞诗歌，也摧折过无数边塞诗人无边的惆怅和忧伤。

出了这关口，就是关外，就是那千百年来让人揪心和牵挂的地方。千百年来，这里都是"西出阳关无故人"。这样的凄悲虽然有些轻描淡写，但那刻骨铭心的伤感却是实实在在的，"古来争战几人回"的悲剧有几人是不知的？而正是这些摸上去冰凉，却浑身裹满豪情和英雄之血的诗歌，让我们记住了这些地名。而创造和拥有它们的正是酒泉，这个与它们生死相依、荣辱与共的名字。这一个个的名字既让酒泉感到尴尬，也让酒泉感到幸福。尴尬的是自己不但被邻边的张掖、武威那"金张掖、银武威"的名头所遮蔽，就连自己管辖的敦煌、玉门的名气也超过了自己。幸福的是，敦煌、玉门的名气即使再大，那也是隶属于酒泉的，大有纵你孙悟空七十二般变化，一个跟头十万八千里，也逃不出我如来佛祖手掌心的坦然。酒泉不但没有因敦煌、玉门名头渐大而暗淡，相反却越来越自信，也越来越有了自我。如今再看酒泉，站在钟鼓楼前，看着那"西通伊吾，北通大漠"的字样，让你感受到沧桑历史变化的同时，也让你铭记这里曾是丝绸之路上的一颗明珠。再看它建起的一个个新城和园区,你没有理由不为之赞叹:航天工业园、风力发电产业园、光伏发电产业园等落户酒泉,酒泉已逐步走在河西五市经济发展的前沿。酒泉的富庶是让人羡慕的,而酒泉更是一个有自我、有个性的地方。在新时期,相信酒泉怀抱着悠远的历史,怀抱着那些慷慨激昂的诗歌,怀抱着对未来美好的憧憬,一定会走得更远……

祁连山下话民乐
——记第六届甘肃青年诗会民乐行

七月的扁都口山清水绿,天空蓝透,一望无际的油菜花金黄。就是在这样美好的季节和美好的风景里,一群年轻的诗人齐聚民乐扁都口观花赏景,了解当地风情。特别是在大家赏听了岷县诗人包文平朗诵的一首著名诗人何来老师的《扁都口》后,更是将扁都口金色的广大、艳丽与震撼牢记在心。在下山的路上,兰州诗人庄苓说,这里的景美得有点假。而这句话后来在召开座谈会时,被定西诗人石鹏程延伸为"想不到这里景美得有点假,民风朴实得有点假"。景当然是指扁都口那大片人工种植的油菜花,而民风则指这次以民间自发形式在民乐举办的甘肃第六届青年诗会,与会者受到了当地文联主席王振武先生以及诗人王登学先生的热情招待,从接站、租车、住宿、用餐到路线规划,无不周到。这次诗会的总策划庄苓说,青年诗会已连续举办六届,而这一届是他最轻松的。王振武先生和诗人王登学的热情待客之道,让年轻的诗人们情不自禁地赞叹这里不仅风景美,而且人也好。这算是对民乐最真诚的赞美了。

而说起民乐,作为张掖人的我们,更是不无自豪地向这些外地来的诗人们介绍了民乐的历史由来。大概是他们在来民乐之前也做足了功课,有的人竟也知道隋炀帝西巡进入河西走廊就是从民乐扁都口走过来的,而且经过扁都口时突遇大雪,冻死了很多士兵,还冻死了隋炀帝的两个姐姐。虽然隋炀帝后来成功地在离此不远的焉支山下举办了"首届万国博览会",但扁都口给他留下的深刻印象恐怕是一辈子都无法忘记的。谁也没有想到六月的扁都口会突降大雪。即使在七月,阳光普照下来到扁都口的我们也依然感到一丝阴冷。要说扁都口作为夏天的避暑胜地,那是再好不过了。隋炀帝的故事似乎只是扁都口历史长河中的一个小插曲,不过也正是这次小插曲成就了扁都口的盛名,让扁都口被写入历史。大家不无调侃地说,雪不会再下下来吧?有人说,你倒想得美,你是想去见隋炀帝的那两个姐姐吗?说得大家哈哈一笑。

对于民乐的历史,它在历史中的重要性,重点不在这些历史故事和历史人物,而在于它在整个中国农业发展史上的重要地位。民乐县文联主席王振武先生在这次诗会开幕式上不无激情地向大家介绍说,民乐是一个具有近五千年历史的地方,可以说整个张掖的历史就是从这里开始的。他说,后来考古专家们从民乐东灰山遗址中发掘出大量4000多年前的谷物碳化物,而从同一遗址中发掘出如此多种类的粮食谷物在国内都属少见,说明了当时的民乐有着国内先进的农业生产技术和发达的农业文明。

在扁都口采风之后到博物馆参观,诗人王登学又从民乐东灰山遗址、五坝村等地挖掘出的各类陶器、铁器、铜器为我们介绍了民乐农业文明的发展史。那些造型线条的陶器,那些闪着黄光发着绿芒的铜器,那些黝黑暗红的铁器,以及那些古朴的木器将民乐的农业历史叙写得栩栩如生。虽然我们并没有到民乐东灰山去,但仅凭这些陶器、铜器就能让我们联想到那一片高地上、山林间生活着的那群人——他们穿兽皮,女人头顶瓦罐到附近河中取水、做饭、缝补做衣;而男人持石锄、石铲在田中耕种劳作,闲暇时还到附近山林中打猎。这样的日子又怎么不叫人羡慕呢！

　　民乐的历史中有一个人是不容忽视的，那就是著名的骠骑将军霍去病。公元前121年，也就是汉武帝元狩二年，汉武帝派兵到河西攻打匈奴，走的也是这条道。霍去兵将军领兵过扁都口进入河西走廊，对河西的匈奴进行了追逐和截杀，使匈奴从此远遁五千里外，再不敢回来，并留下了慷慨悲凉的《匈奴歌》："失我焉支山，令我妇女无颜色。失我焉支山，使我六畜不蕃息。"经此一役，河西再无匈奴，河西从此纳入了大汉王朝的版图。此后汉王朝设立了张掖郡，境内设立了包括民乐在内的10个县，民乐时称氐池。而当年霍去病将军驻军的地方有一个城，就是现在的八卦营。诗会结束后，诗人王登学陪我和诗人庄苓、王世虎去了一趟八卦营遗址。在那片被开垦为耕地的土地上，朝着诗人王登学给我们指的方向望去，八卦营的城址被一条路和一条水渠划成了两半。大家在一个土坡下捡拾了一些废弃而破碎的砖瓦，诗人王登学给我们介绍说，那里可能是一个瞭望楼之类的建筑。站在这座可能是瞭望楼的土堆上，我们看到了一个硕大的城池依山傍水而立，想象着当年霍去病从这里出兵征讨匈奴，那种萧然而立的气势，从八卦营遗址中透射出来。只是，今天我们只能靠想象来复原历史的图景，复原霍去病将军英勇的飒爽英姿。

　　除了拥有八卦营遗址、张掖最早的古遗址——东灰山遗址、美丽的扁都口风景区，在古代张掖农业发展史上做出过突出贡献，民乐还与一个历史上人尽皆知的少数民族有关。这个民族在后来汉武帝实施的"凿空西域"计划中起到了很重要的作用，而且后来还在西亚建立了贵霜王国，它就是大月氏。大月氏的陪都就设在民乐县的永固城，统治着兰州以西到张掖的大片土地，而另一半则由设立在临泽昭武的月氏都城统治。大月氏在最强盛时期统治范围东到兰州，西至敦煌，南挨祁连，北到额济纳旗。秦汉时期，大月氏幸福地生活在河西这片土地上。直到匈奴占领了月氏王廷，杀了月氏王，以其头颅当酒器，吓得月氏西迁至新疆。诗人王登学给我们介绍说，永固城现在只剩了一些城墙，依稀能看到一些古城曾经的辉煌。

  由于时间紧迫，有些能够彰显民乐历史的遗址、古建筑我们并未看到，只能从民乐县文联主席王振武先生和诗人王登学老师的口中了解，以及通过他们带领我们参观博物馆，再次加强对民乐的了解，也是留下了极为深刻的印象。特别是对民乐的农业文明，已有了一个全面的认识。参观了民乐滨河酒厂，这个在省内外颇有影响力的白酒生产基地，让民乐的农业生产达到了另一个顶峰。诗会后，兰州诗人庄苓一个人到东灰山遗址寻找遗迹，诗会期间，诗人王登学带着大家参观了民乐金山博物馆。这个博物馆是私人承办的，目前有两个展馆，一个是毛主席像章展馆，一个是农耕文化展馆。大家对民乐农业文明兴起与发展有了更进一步的了解，就是在参观了金山博物馆的农耕文化展馆以后。当那些琳琅满目的农耕工具展现在大家的眼前时，着实让大家有些惊叹。有些老物件甚至都已经消失了，只有一些年逾古稀的老者可能还记得它们的样子。所以，诗会的年轻诗人们见到这样的器具时，都要摸一摸，体验一下。那些石磨、风车，擀毡匠、铁匠使用的工具，那些马灯、八仙桌、老式汽车、陶罐、古镜，那些石顶灯，那些铁锅、陶灶等，让我们了解到一个纵越几千年的民乐，一个有着深厚历史、丰富多彩的民乐。今天漫山遍野的油菜花，仍然让我们看到一个以农业种植为特色的县城，它以彩色农业让我们体会到了一个现代农业城市的发展，也让我们看到了古今民乐的不同。过去民乐是关口，扼据着古丝绸之路的南道。在古代，民乐的农业种植是当地百姓赖以生存的根本，而今天，农业成了观光产业，民乐也成了一个观光旅游胜地。

诗会虽然结束有几天了,但脑海里还是不断萦绕着民乐那些艳丽而让人震撼的色彩,那些遥远的历史,也似乎活脱脱地穿插于这次诗会的行程当中。是民乐让我们认识到了一段真实的历史,是民乐让我们懂得了怀古,也懂得了望月,还懂得了从美景中寻找诗意。会后,大家纷纷发来诗会期间参观、游览的诗作,将民乐一次次用诗歌的语言描绘出来,一个多彩的民乐、一个历史的民乐呈现在我们的面前。

也许,很多年后,这次民乐之行将是一段美好的记忆!

最后用何来老师的这首《扁都口》来结束,让我们继续停留在民乐的美好记忆中——

需要蘸上几吨金粉
才能把这么多油菜地
写在我的诗里
如果不掺入少量松墨
和血的殷红
也不会这样凝重
听,连飞鸟的叫声
也像是从黄金里穿过

把我有生以来
见过的金黄色拼在一起
也没有这么广大

金黄色起伏着
巨大的波峰和阴影
像伟大的交响乐章
要把祁连山淹没

我站在扁都口
多想再凝望一会儿
可以肯定
不会再有第二次
我的记忆
被这么多黄金照亮

那一片梦境之地——马尾湖

春天，它犹如梦境，蓝莹莹地与大地融为一体。

它眨闪的眼睛，已经变得深沉而渐渐苍郁，已没有了此前的空茫。

此前的空茫是空洞的深渊，是一个没有生命的死物。

而春天给予了它复活的迹象，它渐渐苏醒过来，像一个冬眠的人，在长夜的睡梦中终于有了自己的声音。那不断的涛声，拍击着堤坝和岸，一声声像撞击着大地的钟摆。

这是生命的声音，这是一种为着生命鼓舞和欢呼的声音。在这狭小的水库里，没有一个人了解那些压在心底里的兴奋和愉悦。她苏醒了，连同那些潜藏在水底的鱼、螃蟹、乌龟也都苏醒了，这像世界的大欢庆。紧接着麻鸭和白鹳来了，天鹅和黑鹳也来了，这鸟类世界的公主和皇后，这给予人世安详与宁静的舞步啊，这能引导人进入孤独而又遗世独立，又高傲生活的舞者，抱着一丝对世界的眷恋来到这湖与水库兼具的形体之上。

这蓝色的梦境世界，这与沙漠比邻的能沉入于渊畔的世界，早就应该看透这荒凉世界的依恋。那暗恋的惆怅和常年不可言的郁闷，只要厮守那也是幸福的。它看到了她妖媚的身影，那些舞动的曲线正与这世界一起一伏，与这世界的舞者一起舞动。它几乎看呆了，它看到了云的心里，看到了柔软的一片阴凉的心里。那阴凉直直地钻入湖水中。其实，那就是她的影子，她的影子躲在鱼类的自由里，还有那些在西岸边草滩上吃草的牛马的悠闲和自由里。

看够了，把马尾湖看成人类世界的一片梦迹，真的没有错，那些渔猎时代的创立者，那些被生计逼迫者，他们寻找的不就是这样一片梦境之地吗？

但我们还从其中看到了自由，自由地奔放地驰骋，自由地遨游，自由地舞蹈，还有尽情地歌唱——这是一片自由的乐土！

鱼自由、马自由、鸟自由，而诗人们也自由，诗歌由此诞生，那一句句诗句从蓝莹莹的梦境里生出来，那一句句诗句再从蓝莹莹的梦境里流淌出来，盛放在大地上，就像一顿丰盛的晚宴，就像那是诗人心中妖娆的美体。

现在想来，我描写过多少回，那撞击过多少回生命的回响，将我一次次撞得粉碎，又一次次凭借着那无尽的梦境之神奇将这破碎的世界重新拼凑起来。我又复归到梦境之中，又回到那片水域的身旁。其实守护者何止我一个，那一片大漠，那一片荒原，那一片草滩湿地，或者就连不远处的黑河也成为她梦境里的妄想者。

在春天，她的梦境是躁动的，她会带领鱼们一起疯狂交媾，但交媾是让人担忧的，她想逃离的不安分，犹如红杏出墙者的虫噬之心，总是在癫狂中想要投入一个激情的怀抱。但我们没有给予她任何的机会。所以，疯狂的鱼儿们在西边的浅水区乐享那一刻的欢乐时，她只能观望，只能失望似地拼命，东突西撞，最终在夏季到来时安稳下来。

夏季，她睡意昏沉，始终都懒懒地睡在大地的一角。即使那沙漠滚烫的内心也不能感染她，即使那黑河再肆意狂奔也无法感染到她。因为她心已灰冷,直到秋天时,她沉浸在了一片梦幻之中,她的沉浸让一切都变得那么安静,徜徉与寻找,她的美再次显现,那是一种宁静之美,那是一种成熟之美。

我们没敢打扰她,只是静静地远远地观望。那真的是一片梦,那真的是一片梦想之地。

她把自己的爱情之梦埋在这片水域,而我们,把我们的青春之梦埋在这片水域,我们知道,我们都在这片水域里看到了美好的东西,她看到的可能比我们更多。

直到她把自己最终封存在那一片茫茫的冰面以下,世界就彻底静止了,静止在了一个梦的世界里,再也不愿醒来。

孤独的城

在高台县西南骆驼城镇骆驼城村旁边有一座历经千年的古城，它就是丝绸之路上有名的骆驼城古遗址。这座古城已经2000多年，目前依然保存较为完整，是迄今为止全国最完整的汉唐遗址。

东汉末年，汉王朝在离骆驼城不远的一座古城设立表是县，因县城遭遇地震，便迁到现在骆驼古城所在地。十六国时期，西晋在此设立建康郡，后建康郡守段业在骆驼城建立北凉国都城。建都后，段业又在原城基础上加筑，还扩大了城的四周，使城的面积增大了两倍，建成了今天我们看到的骆驼城规模。

骆驼城东靠山水河，西临摆浪河，骆驼城就建在两河相交的空地上。现存骆驼城三面城墙都完好，西、南两面的瓮城也都保存较为完整。瓮城是古代城防工事中重要的组成部分，也是古城最后的防御系统。敌人一旦进入城门，就会被关在瓮城里，被城楼四周的弓箭手乱箭射死，此时就像瓮中捉鳖，这就是瓮城的来历。在骆驼城，看到的瓮城实际上就是一个小型的城，它在骆驼城东、西、南三个方向上开设的正门前，与正门紧紧连接。

而在西南方向的皇城，也就是所说的内城，是原来城中官员及家眷居住的地方，现在还能看到有人居住过的痕迹。北面也设有一个外城，只是临摆浪河的北城墙已倒塌，但城墙的断垣还可以看清楚。

另外东墙的破损、剥蚀比较严重。从城中空地地面留下的水流冲刷痕迹，以及城墙的破损判断，这里之前发生过洪水，这也是北城的北墙和主城东墙损毁较为严重的原因。

留存较为完整的有城东的一座塔址，据说是著名的建康文塔，以及西城墙上一处军事瞭望楼，上升的土台阶依稀可辨，瞭望楼的基座也还能看出来。从瞭望楼基座边墙上的圆洞中，可看到城中的一切。

在西墙不远的地方，有一口枯井，是城中唯一饮水的地方。从骆驼城发掘出的墓葬壁画砖可以看出，古代骆驼城人取水用的是辘轳。所以，这座枯井上原来应当还有井架和辘轳，而井中也有木头相间，以防止井壁脱滑，填埋水井。但现在看到的这眼井井口颇大，也不见井中橼木，很显然木头腐烂后，井壁的土方掉落，最终将井填埋了。

相传骆驼城历史上曾有一位叫驼骆王的国王就是从这眼井中逃离出去的。驼骆王就居住在骆驼城中，因为他有很多骆驼，所以大家都叫他驼骆王。后来，有人攻城，驼骆王拿着一把分土剑，从城中的这眼井中逃离。他从井下三四米分土而过。因为他那把分土剑，只要剑指任何地方都会现出仅供人走过的一条地道。等对方发现，驼骆王早不知逃到了什么地方。

在驼骆王逃离的时候，他在城柱子上拴了几匹马，在马脖子上系上铃铛，马头前吊上一把青草，马为了吃到草，就会绕着柱子不停地转，而马一走，马脖子上的铃铛就会响。这就是"饿马摇铃"的传说。驼骆王还用同样的方法在柱子上绑上几只羊，在羊的头前吊一把青草，在羊蹄下放上一面鼓，通过羊吃草，一押一敲，打鼓发声来迷惑敌人。

这就是骆驼王的传说，至今也没有人说清楚这个驼骆王是什么人。后来在这里又发生了战争,攻城的人为了把这座固若金汤的城池攻下来,便将与城内水井相连的在榆木山上的一个泉眼堵塞了,城外护城河随即干涸了,城内的井也干枯了,城里的人没有办法也都投降了。自城中的井干枯后,加上风沙弥漫,沙漠袭扰,骆驼城从此被沙漠包围,成为处在沙漠中的一座城。几百年来,这里已不适合人类居住,成了一座荒城,再没有人居住。

而在古代,这里可是人丁兴旺,牲畜肥壮,四周树木葱郁,稻香田野的地方。

望南山,祁连山顶白雪皑皑;城前,榆木山一片苍翠,山下草场丰茂,牛、羊、马、骆驼成群。生活在这里的人过着无忧无虑、富足的生活。

但一千年后,骆驼城已是一座废城,物是人非。只有这高大的城墙和残垣断壁说明它曾存在过,也辉煌过。

那段历史离我们似乎遥远,又近在眼前。只是那段历史埋藏在这片大漠中太久太久,使这座城也显得孤独无依。

兰州印象

第一次面对兰州城

第一次面对那样高耸的楼房,第一次面对那样川流不息的车队,我有点惊叹。对于一个刚刚从农村走出来,并且从未出过远门的乡下年轻人来说,这是一种奇迹。就像我所在的那座小县城早就有人说,只能修三四层的楼房,而如今却修到了七八层,一样是奇迹。虽然楼房的高度并不完全代表什么,但一个城市楼房的高度却确实证明着这个城市的经济发展程度。

当我怀抱着一份惊叹站在兰州的城市街道上,显得手足无措;当我站在那些高耸着的建筑下面,喟然长叹的时候,我真的有些无法言说心里的喜欢和由衷的赞赏。但同时我也感到城市的喧嚣、嘈杂和紊乱,并也感受到兰州人淳朴的微笑,和喜欢逗弄人的派头。

对于兰州,我更喜欢的是它古朴的街道。街道上略显陈旧而朴素的建筑——很多建筑都有几十上百年的历史,那些建筑有着斑驳的肌体,每一座建筑都印证着一个个故事。像有的居民楼,曾在抗战时期当过八路军的医院,有的甚至还被当成指挥所。当然还有更多的历史已被掩留在这座城市的更深处。当

我拍遍整个城市的栏杆，踏访了每一条街道、每一座建筑，我才知道这座城市有太多的谜需要我们解答。

夜幕降临，我站在黄河的岸边看这座城市的灯光，映照在河水里的中山桥的身影正斜斜地垂在黄河里。我还听到远处轻渺的机鸣声正从黄河中漂过。

而这正是我所感受的这座城市，在今天它正以它最美的身姿出现在我的面前。

黄河黄

我从未见过黄河，当然也就不知道黄河为什么那样黄。

只记得在初中的历史课堂上，老师告诉我们，中华最初的文明是从黄河开始的，才知道黄河沿岸有五千年的文明。

地图上黄河弯弯曲曲的线条，绕向河南，绕向山东平原，最终进入渤海。黄河真就像一条蜿蜒盘旋的龙，在中国的北方大地上飞旋。而这条龙的龙头就昂仰在中国西部高原之上。巴颜喀拉山成为这条河最初的发源地，就像许多河流一样，靠着雪山的雪水，一点点积蓄着它奔腾的波浪。

我转而把视线移向地图上的青藏高原——这片神奇的大地，黄河正从这里起身，一路弯向甘肃、宁夏，再折向陕西、山西、河南、山东，所过之地都成了一片又一片的文明开始地。当黄河进入渤海以后，染黄了渤海的一大片浅海域。所以，黄河的黄从古到今，都名震中外。

1997年以后，我到兰州第一次踏访黄河。当见到黄河宽阔的河面，土黄的河水，知道许多黄土高原上的泥土和种子，就那样被它带到遥远的天际。黄河之上的那三座雄伟的大桥让我领略了什么是真正的壮观！铁索的寒影立在黄河上，我还感慨了一番。不知古时有多少人曾站在这里慨叹过，包括李白，包括更多踏访过黄河的文人墨客。

当我沿滨河路——黄河的沿岸行走的时候,看到那么多的人,望着黄河那可以依靠的肩膀——高大的堤岸,他们那样兴高采烈。让我想到,他们对于黄河的情愫,对于黄河的依赖,一定是忠实而长久的。

在游人稀少的一段岸边,我望见黄河湍湍流动的河水,不由想起李白的那句诗来——"黄河之水天上来,奔流到海不复还。"

海是黄河的最终归宿,黄河是一个亘古不变的传奇。如果有一天黄河变清澈了,人们可能还有些不适应。

兰州的山

兰州是一个三面都围着山的城市。它沿黄河东西发展而又被黄河拦腰切割成两块。到过兰州的人,并不明显地感到西部那种萧萧寒风下的苍茫与寒冷,相反你却感受到几分温热。而这温热就来自兰州的几座大山——西边的冷龙岭,南边的兴隆山、五泉山、皋兰山和北边的白塔山。

冷龙岭是祁连山向东延续的山脉,气势巍峨,过天祝、古浪,那里的高空长啸,山高月明,丝丝凉意,就明显地让你感觉到此地海拔之高,看车在半空中行走,身旁是百丈高的悬崖,你突生窨怕,心如刀悬。每次从乌鞘岭过,心里都是感慨万千。而也正是这道屏障,从天祝一直到兰州近郊,使兰州的西面处于一种高势,因此也就阻挡了西面的寒流进入兰州。

兴隆山是在我上学的时候去的,原始的痕迹较为明显。树木葱郁,有的甚至繁茂得可以当一把大伞。所以,夏季的兴隆山显得热闹许多,鸟兽虽然不多,但那些灵巧的松鼠和翻飞的燕雀,在这样气息清新的山林中足以让人心旷神怡。

　　五泉山是最初到兰州就去的。五泉山是由五个泉而得名的。而现在五个泉中只有摸子泉还有水,其他的都已干涸。但我觉得五泉山最引人注目的并不是那五个泉,而是那一眼就望去的葱绿。也许是我从小生长在西北高原上,对绿色有一种特殊的情感。所以,我对五泉山上的绿意、葱郁也是由衷感慨。我希望我的家乡所有的山都是这样的葱绿。

　　而皋兰山,是我去白银的时候去的,但并未攀登过。我从车窗里见过它冷峭而黑黢黢的山石,山上无一草一木,就又让我想起戈壁荒漠,西北高原的那些山石土壤。

　　除了这三座大山,还有兰山、白塔山。兰山以险峻称奇,特别是在行驶于山腰间的车道上,汽车几乎直立而行,使游人的心悬浮于山间,就像随时都有掉下去的可能。而白塔山的美,在于它依傍着黄河,算得上是有山有水了。加上它有悠久的历史,更显得它庄严、肃穆,可以说它是一颗镶嵌在黄河岸边幽静中发光的夜明珠。在白塔山上乘荫纳凉,倒真的有几分凉意,大概是它靠水的缘故吧。

　　兰州被这些山体包围,形成了山地间伫林立的城市格局,算得上是一个山地城市了。而正是由于它的这种地理格局,也限制了兰州的发展,特别是在城市开发建设上。兰州城把身影拉得很长,好像很疲惫的样子。但兰州的温暖是让所有居住在这里的人都能感受到的。那座被山包围的城市,它的春天是那样的纷飞灿烂,鸟语花香,我当然也羡慕,多希望我的家乡,也有这样的鸟语花香和郁郁葱葱……

暗 殇马蹄寺

　　早上八点多钟就到了张掖。出了张掖城又往南开，足足走了六七十公里的路程，就进入了肃南县境内。先是视觉上有了明显的变化，从车窗外呼呼闪过的不再是那些土黄的山，而是一些像得了斑秃一样有了一些绿色的山，到后来那些青绿变成了一片一片的墨绿。山渐渐变得清晰了，水变得透彻了。时不时从山涧里流下来一条小河，隔着车窗也能听见"哗哗"的流淌声。随着山体颜色的加深，那种清凉的感觉也越来越近，就像阴凉是从那些绿意里延伸出来的。眼目便不失时机地捕捉着一个又一个青翠鲜活的印象。慢慢地，山上便出现了一些低矮的灌木，随后就有松树丛立的山林映入眼帘。

　　有人说了声："马蹄寺到了。"连车上打瞌睡的人也都从梦中醒来，一个个将头伸向窗外。

　　果然，在车子绕了两道弯后，就看到一片草原，沿着路的方向，远远地看到五彩花布布置的彩门。想必那就是马蹄寺旅游景区了，我在心里想着。作为第二次来的我，似乎对这里的一切仍然感到陌生，因为第一次来时才十岁，随父母来，因年龄太小，只记着一些游历的片段，比如在三十三天的情景，在千佛洞的情景，还有爬山的情景，至今也还历历在目，但这些路似乎对我已经变得陌生了。

放眼望去，草原上时不时冒出几个像雨天里长出的蘑菇一般的蒙古包，还有羊群、马匹，偶尔也能看到一两个骑马的人。羊儿悠闲，马儿也悠闲，连天空的云朵也悠闲自在地飘游着。我忍不住长长吸了一口气，微微闭上眼睛。味觉中也像尝到了草原的味道，是那种夹着青草和雨的味道。

我站在那里，环顾四周，从这片草原最开阔的东边望到南边，又从南边望到了西边，慢慢地从记忆里摸触它的影子——它的东边地势较为平坦，几乎都是平原，而南边可能受祁连山山体的影响，渐渐地出现了一些缓坡，或丘陵。丘陵上的绿色也更加引人注目，特别是那些丘陵上大大小小地挖了一些山洞，像一只只深邃的眼睛，在瞅望着来这里的人。在欣赏着这些草原风光的时候，我对那些小小的山洞产生了猜想。我在猜想那些山洞里是否也有佛，历经千年的风吹日晒和战争的洗劫，那些洞窟或被烧抢一空，或被挖掘盗尽。在这寺庙广布的地方，难说这里或那里不是藏经洞，不是那些小型佛像栖身供牧民敬奉的地方。

我的目光继续转向南边最后的那点风景时，丘陵最后消失在了草原的身后，被广阔的草原上一道又一道起伏的山坡所取代，最后隐在祁连山模糊的身影里。而西边同样被祁连山环抱着。草原一路奔赴，倾倒在祁连山脚下，远远就能望见祁连山上覆盖的白雪，和郁郁葱葱的茂密山林，好像在这远处也能听到松涛阵阵。当草原最后收敛在一座并不高大的山脉前时，就看到了那座著名的马蹄寺，而马蹄寺的主要寺堂庙宇就建在这座山上，远远望去，云雾缭绕。传说马蹄寺的修建就是因了一匹天马踏在了这座山上，留了一只马蹄印，才使这座山名扬天下，后人因此建寺，使马蹄寺至今闻名。真可谓"山不在高，有仙则名"。

在车临近马蹄寺以后，远远地就看到一些在山体上凿开的窗口一样的洞窟，洞窟的上方还带有窗体护栏，挂有各色经幡，这就是马蹄山。马蹄山嶙峋的山体裸露着，一些石头被岁月打磨得光滑，一些灌木和松树就从那些石缝里生长出来。偶尔也能在山体上看到一两个洞窟，这很可能就是当时没有开凿成功的，还有一些奇峭的陡壁处也留有一些，洞窟的周围还刻着一些浮雕，那些都是艺术，都是让今天的我们叹为观止的奇迹。这让我不禁想到了敦煌的莫高窟，是不是这两个石窟在艺术的传承上都如出一辙？因为最早都是魏晋时期开凿，又同是用石窟艺术来彰显佛教文化，而且最初建造这座石窟的郭瑀也是敦煌人，就更让人想到它们如同姊妹，还是相互都有传承？从后来我翻阅的史料来看，马蹄寺是继麦积山石窟、炳灵寺石窟、敦煌莫高窟三大石窟之后，甘肃比较大的几个石窟之一。难怪当时的马蹄寺这样赫赫有名。

　　车停在了停车场，下了车，我们就直奔山上而去，山门是古时的那种建筑风格，雕梁画栋，朱漆门柱，底衬一块圆形的石块，托着上方的雕花廊檐。这座大门现在成了售票处。

　　山路都是由一块一块一两米长的石块铺砌而成的。据史书记载，马蹄寺是由魏晋时的隐士郭瑀和他的弟子所建，起初是作为他讲学和隐身栖身之所，而那个年代修行之人多半为道家或佛家弟子，况且为躲避战乱，选择那样的地方未必不是明智之举。后来这里佛家弟子逐渐多了，也便演化成寺，加上因其山名和郭瑀弟子开凿的大量石窟，更是修行的福地。此后经过几代僧侣的开凿建设，留下来大量的石窟和壁画。我想这个郭瑀在起先凿这些石窟的时候肯定想不到这里会演化成一个佛教圣地。

　　我一边走着，一边仔细打量着那些石块，这样一个半吨重的石块用怎样的器械才能搬运到这里呀，想来当时为铺这条山道可能也死了好多人。石块上留下的深深印痕，可想而知这上

上篇　风物篇

面不知道已经走过多少脚步。有的石块上还锯有一些纹状的线条,估计是古人为走在上面防止打滑而为。

走了很久才到山顶,已是气喘吁吁。坐在山顶上休息,就看到了立在山顶上一块刻有马蹄寺简介的石碑,也看到了天马,看到了建寺的隐士郭瑀的名字,以及他身后的那些历史。当然也提到了战争,战争使马蹄寺遭受烧毁和损伤。顺着山路引导的方向向北走去,就看到一处石窟里的壁画,确实如石碑上介绍的那样,多为残损毁坏的。眼前的这幅观音送子图,观音的左眼已成了个凹坑。在我们找三十三天洞窟的时候,有人告诉我们那里早已不再向游人开放,一听遗憾不已,好在我十岁时曾同父母来过一次,还登了三十三天,看了千佛洞。那个时候,三十三天还开放,记得狭窄的走道只容得一人转身,每走一阶就有一间回廊,外凿有窗口,就是在山下看到的那些石窗户。洞窟的最上面一层摆放着那块马蹄神石,一层摆着那位建寺的郭瑀隐士的像。还有千佛洞里的佛像,形态逼真,有怒目圆睁凶神恶煞的,有安详平静慈眉善目的,有笑意盈盈无忧无虑的……真是百座佛像有百种神态,各有不同。但现在什么也看不到了,不由得遗憾多时。

对于一个曾经熟知它的由来和真实面目的人来说,这种到来是难以言说的,也是难受和忧伤的,这种伤心算不算对我们仅存文化的一种反省?

在回来的路上,我的心情一直不能好起来,我仿佛看到马蹄寺那黯然神伤的眼神,一下一下在锥扎着我的心灵,我仿佛听到了它内心深处那一声低沉的哀鸣……

夜宿在水一方

在水一方,是《诗经·蒹葭》中的一句诗:"蒹葭苍苍,白露为霜。所谓伊人,在水一方。溯洄从之,道阻且长。溯游从之,宛在水中央。"

这是一首爱情诗。今天读来,那真挚的情感油然流于心间,一样令人感动、钦佩。而今天,我所说的"在水一方"是一个叫"在水一方"的度假村。

想来起初为度假村起这个名字的人也一定是读了《诗经》,才有了如此灵感,把《诗经》的诗句用到了这里,倒也是有几分恰当。

不久前,曾应朋友之邀,去那里玩耍,一路上树木掩映,林木葱郁。到了那里才知道这个度假村是由大小十余个木屋别墅组成,而这些木屋别墅又分布散落在一个人工开凿的湖泊四周,或居湖岛,或沿岸而居,所以,这个度假村颇有水上风韵。光看名字,就有几分诗情画意了,而眼前的风景更是美不胜收。这些木屋别墅都是外体呈橙黄色,半圆形木板包裹,整体呈方形,外露尖顶,上下两层。这木屋居在这人工湖四处犹处子,安静恬详,影子半映在水中,微风徐徐,那屋影也像是在水中跟着风在动了。

记得一年前这里的木屋别墅刚刚建起,还未有度假村,湖水中就有人种了莲。莲叶如一把把绿伞铺在水面,而荷花则像一盏盏佛灯亮于眼前,让此处的美景更是有了几分清新和淡雅,更衬得木屋别墅有了别样的美。今日,站在这入口外,望这湖面微风徐徐,向另一栋别墅张望,那别墅远远的在前方,前方并无路,却是湖水相隔,那边的人呼喊,这边的人才四处找路。在花草树木中找到一条青砖铺砌的小路,曲折迂回,沿水而上,向着那引呼的人奔往,却是绕得越来越远,像极了那《诗经》中的诗句"所谓伊人,在水一方。溯洄从之,道阻且长。溯游从之,宛在水中央。"建造这水上别墅,设计者也是用心良苦,没有按照常规,让路与尽头的风景就此呈现在眼前,处在水里的部分不是用桥或栈道连接,而是用这迂回的路,几经波折,才可见到"意中人"。难道当初设计者让这路有意地延长,就是让心增添几分失落,然后才让等待之人在见面后更感喜悦?而在寻找路径时,一边走一边看路边的风景,五颜六色的花朵争奇斗艳,草木葳蕤旖旎,也是别有一番情趣。

　　见到故人,一起喝茶聊天,在这样安逸的场所。木屋简约大方,屋内依旧木制板格相衬,四壁皆为平板相接拼凑,从而让墙壁显得光滑。而那些仿古家具,让它像一个个深居简出的大家闺秀,在这样的环境里心情何以不畅?那暗红色烤漆,那些雕花的桌椅沙发,就连睡床光滑的扶手和衣柜都是那么精巧,呈现出古时光阴的影子,让生活猛然间像撞入到历史当中。而茶香更是溢满房间,此刻的心情也似乎是复古的,像在品读着那些发黄的古诗词。

　　所谓伊人,在水一方。想到曲折的人生经历,与刚才的急切与迂回的惆怅,多是慨叹,人世浮华,却也有淡淡的忧伤。

　　随后的餐饭,一下子又体会到农家饭菜的可口,像找到家的感觉,心里的疲惫瞬间没有了,家的温馨让一切不快、烦恼都卸下，专心品尝菜肴。如家常豆腐、红烧排骨、湖鱼、草芽鸡、面筋、酱茄子、水芹、回锅肉等，这似乎就在家中。这里还有两道让游客尝鲜的菜，一道叫"有头有脸"，那是炖烂的半个猪头，菜名真是名副其实。另一道就是产自不远处大湖湾中的湖虾，经过油炸，生脆香甜，可惜肚子已是滚圆，无福享受，只能等到下次了。

吃过饭，天色已渐渐昏暗，湿地四周也已是灯火通明，别墅区四下的灯光也已亮起。灯光投射到湖面，把影子拉得老长。站在木屋的观景台上，一切可尽收眼底。好的是今晚正好有一轮明月，悬挂在天空，想起李白"举杯邀明月，对影成三人"的诗句，月下谁来邀我饮？诗已吟出，朋友朗声应道："我来陪你！"如此美景，如此时地，我们随即搬出一张小桌，相对而坐，又相视而笑，心照不宣，月色渐浓时，也是我们酒意正酣时。

老家的土炕

我的老家是一个处在甘肃省高台县祁连山下的小村庄。说起老家，让我倍感温暖、记忆深刻的就属老家的那方土炕了。

那一方土炕，曾承载了一代又一代老家的人的愿望和梦想，无论是人生的畅想，还是生活的欢娱。

一个个幼小的生命从那里诞生，然后在土炕上一天天长大，像大地上的小树苗一样茁壮成长着。有了土炕的保护，有了土炕提供的温暖，幼小的生命便成长得特别快。土炕似摇篮，在梦乡里我们听到母亲的摇篮曲，看到母亲那张慈祥的脸一次次浮现。就在那方土炕上，我们第一次笑，第一次做梦，第一次尿遗，第一次感受到一个人温暖的怀抱。

土炕似懂人情。夏天它让自己变得清凉宜人，躺在它坚实而平硬的后背上，疲惫顿时消散，不一会儿便可进入梦乡。而在冬天，在麦草和些许的煤炭灰的熏烧下，土炕便一点点地温暖起来，透着人间的大暖。从小我们都有赖床的毛病，就是土炕娇惯着，它像我们的长辈一样宠爱着我们。我们当然更不想过早地从那温暖中脱离出来。因为乡村的冬天有着刺骨的寒冷，土炕成了我们躲避和防御这些寒冷的唯一去处。我们趴在被窝里，整个身体都被土炕的热量拱着，整个脸都红彤彤的，那是热的。看着忙碌的母亲，为我们做饭、打扫房屋，房屋陈旧，却让我们感到最幸福。

而在冬天，老人也在这里找到了最终的归宿，几乎一整个冬天，他们都将自己的身体和命门交予土炕，似乎土炕可以给予他们生命的力量。在生命一天天垂危的状况下，土炕让他们减轻了日渐感觉到的冷。一整个冬天，老人不是在暖墙边蹲下，就是在土炕上度过他们平淡的剩余时光。

而年轻人在土炕上找到的更多的是欢乐。新婚宴尔，一场酣畅淋漓的人生大战和爱语、纠缠，与人生的瞩望，直到数月后，一个小生命呱呱坠地，落在那方土炕上，人生的幸福和欢乐才真正打开门。多好！添丁的热望被土炕的温暖包裹着，从此一家三口幸福地生活着。也许欢乐的极致就是幸福，而土炕正是这幸福诞生的摇篮。

一筐麦草就可以保持一夜的温暖。为了让温暖更长久一些，再热烈一些，母亲还会将炉子里没有烧完的煤灰扔进炕洞里，这样，直到第二天，再填炕时，炕都是热的。那时候冬天太冷了，又没有更多的煤加热取暖，将整个房屋都烧得热火朝天。而大地上，那些麦草秸秆是富裕物，足够拿来填炕。在炕上的被窝里取暖，要比在房屋的火炉旁取暖更加惬意一些。因为在炕上当身体暖洋洋的舒服劲升起的时候，眼帘会不由自主地合在一起。那便乘着土炕的温暖，睡上一觉吧。这种自由、天性、自然、舒服的举动，是对当时乡村生活的一种诠释。在土炕上什么也不想，就那样睡着，直睡得天昏地暗。连睡梦中都能感觉到土炕丝丝的暖流正一点点地浸入身体，富裕权贵又如何？王侯将相又如何？那不过都是虚无缥缈的东西，还不如在这土炕上一梦不起。

岁月静幽。乡村生活已离我们渐渐远去，土炕仍沉静在故乡一隅。它给我们的记忆是美好的，也是长久的。当我们拖着疲乏的身体，每天奔波于现实当中时，我们便想起了它；当病

上篇 风物篇

痛纠缠着我们的时候,我们也会想起它;当人生失意的时候,我们多么希望找到一方土炕,能躺下去,就像我们刚出生不久,在父母和土炕的怀抱里一样再撒一回娇。

只是,只是啊,时光已不再了,我们只能将记忆埋在心灵深处,一点点地品尝、回味、感慨,那一方土坑给予我们的全部。

叙事篇

中

⊙ 在河之西

ZAI HE ZHI XI

冬雪悄来

梁振东是河西水产养殖厂的员工,就在我所在水管所不远的水库上搞养殖。

三月,天气转暖,水库的冰刚一融化,梁振东他们就来了。往年他们来时,只有李辰刚一个人。李辰刚是庆阳人,个头矮,身板又瘦,还戴着一副眼镜,看着像个文化人,但实际上却并不喜欢看书。而一起的梁振东却是个嗜书如命的人。我是怎么发现的呢?

那是一个偶然的机会。我到水库上转悠。那段时间我们已经开始向水库蓄水。年过完不久,所里就组织我们到河里打坝了。因为今年的河又改道了,河水改到了东岸。我们要从河的浅水区打一条坝把水拦过来,这样,河水才能流进水库里。所以,刚过完年,李长河就召开了打河动员大会。李长河在会上说,今年因河改道,蓄水工作时间紧,任务重,大家务必齐心协力争取赶月底就让河水进库,开始蓄水。其实,这话李长河年年都说。每年一到这个时节,李长河就有些坐不住了,他怕水库蓄不满,农民浇地的水不够用找他闹,农民一闹,他这所长也就甭当了。所以,每年这时候,李长河(虽然已经当了十年的所长)还是一样地会为水库蓄水发愁、担心。

所以,刚过完正月十五,我们就被会计通知到所里开会了。

一群精壮的小伙子,刚好养了一个年,又吃又喝地过了半月,身体正好硬巴巴地没好好锻炼,都齐声说好。末了,李长河又让做饭的大师傅准备了几个菜,拿了一箱酒,挨个地敬过去,像给出征的壮士敬酒一样。当李长河敬完酒,看到这些"庖蛋子"一副慷慨赴义的样,他心里就有了数,心里的担心也一下子减去不少。

末了,李长河对着徐长有——也就是我们的领头说,你们要是月底打不好,我拿你是问!

徐长有倒也回答得爽快,说,那没问题。只要你所长把酒给我管够,干点活怕啥!是吧,同志们?

他说着还转过头来看了我们一眼。大家伙当然也知道徐长有的意思,故意都拖长了音说,是——

李长河也没办法,他还指望我们这些人干活呢。虽然他也舍不得,但他知道,他这个李长河全靠我们这些人给他"抬轿"哩。他知道徐长有是为工人们争取利益哩,说酒实际上就是让所里灶上把伙食办好一点,光喝酒没吃的肯定是不行的。实际上,李长河也知道这一个月是工人们最辛苦的时候,工人要下到冰碴子河水里打坝,虽穿了皮裤,却还是很冷,靠全所这十几号人要在400米宽的河面上打条坝真的不容易。他指了指徐长有,拿指头在徐长有的面前点了点说,那倒不是啥问题,我给灶上安排好就是了。

事情既已谈成,会就在大家嘻嘻哈哈和划拳声中结束了。第二天,便由所里的车将我们十八人连一车胡麻草和半车木桩一起送到了河口上。一直到三月四日下午,我们才将河坝打好,让水正常地往水库里进。我们每天还要轮流到河口上去巡视,看河坝有没有冲毁的地方。

这天正好我没事,到水库上闲转,看到水库管理房的门开着,门口站着一个陌生的高瘦身影。一会儿就看到李辰刚从屋里走出来。李辰刚看到我，咧着嘴笑，但没说话，那人就那样，我都已经习惯了。我倒是伸出手和李辰刚握了握手，问他们，是啥时候来的。李辰刚说，是中午吃过饭来的。又给我介绍旁边的小伙子说，这是我们厂新来的年轻人，叫梁振东，学水产养殖的，跟我到这来实习的。李辰刚说着，喊了一声，小梁，这是水管所的鲁斌，来认识一下。

  不远处的小伙子扔下手里的渔网，在身上擦了擦过来和我握手。见和我年纪相仿，看着也像是刚从学校毕业不久，我握着梁振东的手说，别太拘谨了，以后大家都是朋友。小伙子笑着，说了一声"好"，就又去干活了。

  我走过去，才发现李辰刚手里拿着针和线，梁振东蹲在那里，手里拿着一些卵石均匀地放在渔网的边上。我问李辰刚，这是在做什么？李辰刚说，给渔网缝石头。看我不理解，又解释说，渔网不是很轻吗，扔进水里它会浮起来，在下端缀上些石头，它就可以沉在水里，我们试过多大的石头正好，渔网浮着，但又不会完全沉下去。用这样的渔网我们做成一些隔离带，再用这样的隔离带做成"迷宫"，鱼儿一旦进入"迷宫"，一般就转不出去了，它们便真的成为落网之鱼。在通道的末端安有鱼箱，鱼便在游动中不由自主地向前游去，自然而然也就进入到鱼箱之中，真就成了我们所说的瓮中之鳖了。李辰刚说着这些，不无得意。

  我听了也是一脸的赞赏，说，真是聪明！

  第一次见面，便在这样轻松谈话里互相认识了。虽然梁振东没说多少话，但我对梁振东的印象不错，我们绝对是一路人，能当朋友。

  此后那些日子里，我无事的时候总爱到水库上转悠，或者到李辰刚他们的宿舍里去坐一坐。

  随着河水汩汩地流进，水库里的冰已经大部分融化，淡蓝色的湖面渐显出来，冰已潜在水面以下，等待着进一步的侵入和最后的融化。最多再过一个星期，这个水库将重新进入碧波荡漾的季节。至三月下旬，风也忽然多起来。

这几日，李辰刚他们也没有多少事，渔网补好了，船也修好了，就等着"下海"。李辰刚把下湖叫"下海"，我就问他原因：明明是湖为什么要说成是海呢？李辰刚说，原来不是雇了一帮子山东人给我们捕鱼吗，他们这么说，后来我们也就这么叫了。

那天，我转到水库上，库上没人，见管理房的门开着，就推门进去。看到梁振东一个人躺在床上看书。见我走进来，他忙坐起来朝我打招呼。

我点了点头，便走过去坐在了李辰刚的床上，朝两张床之间横放着的一张桌子上瞥了一眼，就看到桌子上的《海子诗集》。我心里有一点欣喜，因为我喜欢看书，也喜欢看书的人，在这样的环境里能找到个知音不容易。就如我和李辰刚，我们也算谈得来，但却还是觉得隔着一层膜。我没有说书的事，还是先问：李辰刚去哪了？

梁振东说，他到前面庄子上买面去了，油也没了。

我说，哦，你们还没吃饭吗？

梁振东有些脸红不好意思地说，还没呢。

我又说，那得把饭吃上。出门在外没人照顾你，得自己照顾自己。

这话可能也是说到小伙子的心坎子上了，我看到那眼睛里忽闪过一丝温情，转瞬即逝，但还是被我捕捉到了。

我这才又看向那本桌子上的诗集，就问，你喜欢诗啊？

梁振东点点头说，上学的时候就喜欢。

我又问，平时写东西吗？其实我也是随意问的，知道现在看书的人多，写东西的人少。就像我一直处在这样一个环境里，大家看我整日看书写东西，很多人还笑话我。其实这两三年，在这样一个地方，平时连个说话的人都没有，我的内心也是孤独的，也渴望能有个懂我的朋友。当看到眼前这个喜欢诗的年轻人，总觉得不一样，便产生了想结交的想法。

梁振东看了我一眼，好像是很奇怪我问他这个问题。他说，以前写，现在写得少了。在这个厂里，很少有人关注他这个，很多人都劝他有闲心不如去和领导搞搞关系，留在厂里，不再是个见习的。

我听了这话，心里还是酸了一下，不知道这眼前的小伙子是否知道这关系的奥妙之处。其实和领导搞好关系也无非就是请领导好吃好喝，有时还得投其所好。也正因为我也是个初出茅庐不谙世事的毛头小子，不懂得这个世界为人处世的法儿，所以也吃了不少亏。我不知道怎么安慰眼前的年轻人，但还是说，话倒不能这么说，我们毕竟比别人多看了点书，多懂得一些道理。能写点东西就更是难能可贵的，能写东西的人我觉得都是性情中人，都是些率性的人。

这么一说，梁振东的眼睛一下亮起来，整个人也来了精神，像心里的那把火被人点着了一样。梁振东问，哥也喜欢看书吗？

我点点头。

梁振东一下活络起来，话也多起来。说，真把人憋坏了，来这厂里马上一年了，就没碰上个能谈得来的，都是整天陪在领导跟前吃喝玩乐的，更不要说看书了。你看，他们还嘲笑我！我常给自己说，燕雀安知鸿鹄之志哉？

我很认同梁振东的话，但还是劝慰说，不过，我们也是既不能把理想丢掉，也还要先解决吃饭的问题，肚子吃饱了才能更好地追逐理想。想起这三年，我时常想一走了之。但一想到父母亲那殷切期盼的眼睛，我又忍耐下来。对于当农民的父母来说，能有这样一份工作多么不容易！那是多么求之不得的事情！父亲也老给我说，你要珍惜！工作是累点，但那也是吃国家皇粮的呀！当时，我还不以为然。不过后来，我也渐渐想通了，现在就业局势这么严峻，不如就先在这里安顿下来，等稳定了，再想办法提高自己的学历，提高自己的生存技能，再谋高就，我不相信我一辈子就在这鸟不拉屎的地方待下去了。其实，对于眼前的这个年轻人何尝又不是呢？

听了我的话，梁振东不无感激地说，谢谢哥！我也是这么认为的，想先在这个水产养殖厂待下来，等工作稳定了，我就继续看我的写我的。如果可以，我还可以考考公务员，考考研什么的，再提升一下自己。

这就对了。我其实也是这么规划自己的。

听哥这么一说，你已经写过很多东西了？

我说，我上学时就喜欢写。已经写了四五年了，是写了不少东西，但从来没有发表过！

梁振东说，那你咋不发表啊？

我脸有些红地说，其实我是不知道怎么投稿的！

梁振东说，我也是。不过我写得少，也觉得写得不好。我倒是有个在兰州在大学教书的表哥，听说他发了很多东西，在全国的一些出名的杂志上都发表过。

我赶紧说，那啥时候你给我引荐引荐，我们到他那里取取经。

梁振东爽快地答应下来，又从枕头底下拿出一本黑色的笔记本递给我说，这里就是我写的一些诗。

我接过笔记本，翻开那个黑皮子笔记本，就看到一些火炭一样的文字，我看到了一颗年轻而跳荡的心，看到了一颗被压抑着的心。那颗心渴望自由，渴望爱情。但那些文字里整个又充斥着淡淡的忧伤，我又怎么能不懂得呢？我不也正处在这样一个年龄段吗？我比梁振东大不了几岁，所以，我们的很多想法都很像。

我看了很多页，看得眼睛都有些湿润。看到那些文字，我的心情激荡澎湃着。我认定了眼前的这个梁振东就是我要找的人啊。

在我看那个黑皮笔记本时，梁振东一直静静地看着我。我继续向后翻着那本黑色的笔记本，当我翻到中间时看到一张照片，照片上是一个穿粉红衬衫和蓝色牛仔裤的清秀女孩，便问起梁振东，这是你女朋友？

梁振东有点脸红地说，是。只可惜我现在都不知道她在哪儿。

我只"哦"了一声，看到梁振东深邃的目光看向远方，便不再多问。随后我听到梁振东说，他们那时曾海誓山盟地说得多好，谁也不离开谁，但一毕业就什么都变了。残酷的现实可以将他们的那点小温情砸得粉碎，在现实面前，爱情算得了什么！

我没有劝慰，只任由那股忧伤流淌。我说，我也是啊。我想起远方的一个女孩。听说那个女孩后来也回了老家，而我在这偏僻遥远的地方，我们现在何尝不是天各一方啊。

人就是这样，总是世事难料，谁又能想到几年后我能当个水利工人呢！

就在这时李辰刚从外面回来了，他提着一桶清油从外面走进来。看到我后他笑了笑，之后就喊梁振东一起出去抬面。我也出去帮忙，帮着提着面袋子的一个角。看着梁振东抬着面袋还有些费劲，时不时打趔趄，李辰刚就笑他，小梁，你能干啥，抬一袋面就打趔子。梁振东面红耳赤地把面抬进门，放到了一把椅子上，已有几分喘。

我拍了拍手上的面粉，说要回去了。

李辰刚说，不坐会儿了？急着回去干啥？回去也没事干，

水库的水呢蓄着,你干啥去!

我说,我坐了老大会儿了,不坐了!

此后的日子也平淡,我们防了两个月的浪。一刮风就往水库上跑,越是风大雨大,我们就越往水库上走。每每这个时候,李长河就一整夜都坐卧不宁地瞅着水库,并瞅着水库上的灯光。他挨个房间检查,看有没有人偷懒,赖着不上水库的。而李辰刚和梁振东两人在水库里布上了渔网,那只在堤坝上翻扣着的铁船也被挪到水库里,我们在水库的岸边钉了一根木桩,铁船被拴在木桩上。在我们经过水库边的时候,那只铁船就随着波浪上下颠簸,像睡在摇篮里的婴孩。而那些渔网横七竖八布防在水库里,看上去又有些规律。渔网的走势基本是个回边形,一直延伸到水库中间。

到了五月份,李辰刚和梁振东两人每天都能从那些渔网里取出一些鱼来,有时有附近的鱼贩子开着水罐车,一般都是各种小型客货车,后边的拖车里放置着一个自制的铁罐,罐里装了水,那些鱼过完秤后就被装进那个铁罐里,被拉到张掖、酒泉等地去售卖。我最喜欢吃马尾湖的鱼,我觉得马尾湖的鱼基本上算是野生的,肉质鲜美,是我吃过最好吃的鱼。

六月份的时候,国务院对黑河实施了全县闭口,我被安排在邻近的一个渠口上去看口。为了杜绝发生农民偷水抢水事件,要求每个看口的人都要睡在渠口上。李长河说,这是任务,谁要完不成任务,就卷铺盖走人。我们猜想局领导也是这样对他说的。考虑到饭碗问题,大家也都尽心地做好看口的事。半个月以来,我一直是一个人睡在渠口上。所谓"渠口",就是渠与河的连接处,一般都有进水闸。我看的那个渠口在另一个乡的地界上,方圆五里之内不见人烟。我找了一个看瓜的瓜棚,睡在里面,半月里没有见到一个村民上渠口来。那两天,所里出了几辆宣传车,派人到各村去发宣传单,又架了大喇叭喊,村民们应该是知情了，知道偷抢水是违法的，是要受到处罚的。他们自然不愿意来了。倒也让我们轻松了许多，神经也绷得没有那么紧了。

后半个月，我只在晚上去勘察一回，晚上回来就和梁振东一起睡。那段时间，李辰刚的媳妇生娃娃，他回家去了，他那个床铺正好空着，我就睡在李辰刚的床铺上，整晚上和梁振东聊天。说起上学的时候，说起各自的恋爱经历，说起步入社会的这几年感受，两人很是对味，很能聊得来。那一天，我们一直聊到深夜，聊起文学，聊起人生，兴奋得让我们到半夜都没有睡意。这些话题是好多年都不曾聊起来的。现在的人很少说起人生这样沉重的话题，本身社会一天天变复杂了，压力也在一天天增大，都想得不太远，能及时行乐，找点乐子就行了，或者蒙着头睡觉，或看电视，或打打扑克，这就是很多人的生活。但对于像我们这样还有点想法和有点追求的年轻人来说，真的是凤毛麟角，正如我们所里马占祥说的，我就是羊群里的白骆驼。我是那么显眼，又是那么格格不入。我就是他们那个群体里的一个个例。

两人的遭遇近乎一样，比如：爱情都是从暗恋开始，而步入社会的苦闷、难以融入社会的烦恼，这些给心理造成的压力，带给我们不快，以及这些感受让我们的人生基本上都在一个水平方向上前进着。而最大的相似是我们都是诗歌爱好者，保有着一颗纯洁的热爱诗歌之心。

七月的一天晚饭后，我们相约到附近村子的商店里，要了四瓶啤酒，两袋鹌鹑蛋和一盘卤煮花生，就坐在商店门口的桌子上，就着鹌鹑蛋和卤煮花生将四瓶啤酒下了肚，两人才摇摇晃晃推着自行车从邻村商店往回走。骑车是不行了，两瓶啤酒就把我们喝得东倒西歪。两人一会儿哭，一会儿闹，一会儿唱着歌，一会儿哈哈笑。我还记得在路上还摔了一跤，说是谁把

我绊倒了。大半夜两人跌跌撞撞回来,第二天,两人相视而笑,隐隐有昨天的记忆,还能想起来,但谁也没有说什么,我就到渠口上去了,而梁振东划了船又去捞鱼了。

进入十月以后,天就渐渐有些凉了。我们的看口任务早已经结束,我又被分派到西河村帮着那里的施工队修渠。

修渠结束后,我又去了水库上梁振东的宿舍。近一个月没有见面,心里还是有些想这个小子的。

梁振东说,这两天有些冷了。我看着他有些瑟瑟发抖,看他的被子也有些单薄,我说,要不把我的那床被子拿过来。

梁振东又说,本来他在这个月底就可以回厂里了,但他想在这看一场雪再走。在他们老家河东,冬天已经基本不下雪了,好多年他都没看到雪了,对雪的印象还停留在小的时候。

虽然梁振东轻描淡写,但我还是听出了那边人的辛苦,心里不免还是有了几分伤感。我说,那就等着看完了再回去吧。但看之前,我觉得你应该去县城买件棉衣,我可不想你像只寒号鸟。

说完两人都哈哈大笑起来。

已经过了十一月上旬,梁振东并没有去县城买衣服。在最近那次,我去时,梁振东带着鼻塞的口音和我说话,瑟瑟地把头缩在被窝里。

我劝他,实在等不住了就回吧,何必呢,把自己冻成这个样子。

但梁振东还是执意坚持着。那些天,我给梁振东送了一床被子和一件棉衣让他先御御寒。

十一月二十日那天,一直没有休息的我给所里告假说要回家看下父母,休息两三天。因为快要冬灌了,再不休息也就没时间了,要不然要到年跟前才能回家。

等我从家里回来,单位门房的鲁大爷说,水库上的小梁把我的被子和衣服还回来了，还给我留了张纸条。

我打开纸条，上面写着：

哥，你好！当你看到这张纸条，我已经走了。我等不住了，这里的冬天太冷了，有机会我再来，或来看你！

小梁

我放下东西，就往水库上跑，看到那张铁船仍然静静地扣放在门前，水库里干干净净的，渔网早被收到了房子里。再看梁振东他们住的宿舍，门上吊着一个黑色的大锁子——看来这小子是真的走了。面对眼前的情景，我心里还是不免有些失落，我知道可能再不能遇到这样的朋友了。不知道，他明年还来不来了。

进入十二月的第三天，就下了一场不大的雪，但足以将地面盖住，只有那个湖的湖面还是蓝莹莹的。雪几乎是悄悄来的，前半夜还没有，后半夜才开始下，早晨醒来就盖了满满一地。天一下子就冷了，虽然这样的温度人还可以忍受，但这样的突然降温，让大家还是感到特别的冷，出来的人都缩着脖子。

雪停的那天早上，我打算上水库告诉梁振东下雪了，但当看到梁振东门前冷冷清清，门上吊着的大锁子，才想起来，梁振东已经走了。

我站在堤坝上久久地看着水库碧波荡漾的湖面和远处苍茫的荒原，以及那片也披上了白衣的沙漠，我的悲伤也像这场雪漫天盖来，我的心里被那阴沉沉的天空挤压着，脑海中闪过一丝光亮是梁振东那张单纯而稚气的脸，但不知道梁振东还来不来看雪。我想，下次他来，应该带足棉衣吧！

那片夜色，那片绿

夜是幽静的。

我从黑河岸上骑着自行车走过，四周一片漆黑，但我还是能听到不远处的水声，像奔跑的马蹄，清晰而响亮。除此之外，我还听到夜鸟的叫声，我骑着自行车一溜烟向河口上奔去。那里尽管是一座仅容我一人的瓜棚，但好歹那也是我临时的住所。瓜棚里原本就有些麦草，我在上面铺上了一床薄被子，睡觉的时候，一半压在身子底下，一半盖在身上。这只不过是为了轻装简从，因为是临时的一个任务，没办法把铺盖全部搬来，也怕麻烦，便从简了。

想起第一天到河口岸上的情景。本想着这里一定有管理房的。管理房是找到了，但那房连个门窗也没有。门窗早不知被谁扒了去。没个门窗还不等于是在露天地里睡吗？径直向渠口上走去，在查看了渠口闸门关闭情况后，又想在渠口附近找个能睡觉的地方，正好在不远处就发现了这个瓜棚。我上前一看，瓜棚虽然小，但容身一人足矣，而且瓜棚里有铺好的麦草，拿来铺盖就可以住人了。

当天下午，我就将铺盖、录音机、矿灯和书拿来。天还没黑全，我就进到了瓜棚里。我舒坦地裹过被子，头底下是矿灯，明亮地照出整个瓜棚的轮廓，瓜棚里整个"灯火辉煌"。而我的那台录音机，放着陈星有点伤感的《流浪的人》，歌声传进悠远的夜空里。我一边翻着书，一边脑海里想着书中的情形。等看书看累了，关掉音乐，关掉灯，即将要睡去。很难想象，当时我就在那样一个方圆五里不见人烟的地方住了一个月。而且当时的我，刚刚从学校毕业半年多时间。

我在渠口上，每日早晨巡看闸口情况，中午回水管所吃饭，下午吃完晚饭就骑着自行车穿过一个村庄，沿公路南上，再走一段沿河路，穿过一片沙枣林就到了我驻扎的渠口附近。每天如此，来回往返。为了防止闸口漏水，我又找来了一块油毛毡蒙在了闸门的前面。上面要求做到"滴水不漏"。幸好当时我也意识到了重要性，将此事当了回事。而且也想到，工作和前途，我一定要靠自己。

既来之则安之，既然已经来了，那就安安心心在这里待下去。来这个水管所不到一年，河口上来过一二十趟，三月份打河坝，和所里的工人一道在黑河里打起了一条长500米的坝。四月份巡查水库坝墙，五月份修护坝墙，打桩、码沙袋、拉运块石，手上磨了一个又一个水泡。六月份开始，在水库上收了三个月的石头，烈日炎炎，风吹日晒下，拿着一卷钢卷尺量过了如小山似的一垛石头。所以，九月份能在这样的渠口上看闸，算是我来这上班最轻松的一项工作了。倒有点享清福了。

其实于我来说，只要有书陪伴，哪怕一天只有馒头就咸菜我也愿意。

那些天，我除每天早晨早起当锻炼身体一样，在闸口后面的水渠里打起了一条沙坝外，就是四处转转，赏花赏草，看看风景。忽然有一天发现，那一天的月亮如此之大，是我长那么大见过的最大的一轮月亮，而且月亮不像是个月亮，倒像另一个太阳。当时我还在纳闷，晚上怎么会有太阳？后来才发现，那根本不是太阳，而是月亮。第二天，一轮硕大浑圆的太阳又

升起来了,不知道那太阳、月亮为何突然会变得那样硕大。第三天,太阳和月亮又恢复如初。

  有时候,我也会坐在河岸上,观望着河对岸的风景。眼前是碧绿的一片草滩,像一条绿丝带缠绕在黑河的脖颈上。草滩上有放牧的马、羊、驴、骡子,一个穿红裤子的女人,天天扬着鞭子在驱赶畜群。

  这里离得最近的就是那个叫镇江的村子,过去一直靠养鱼和打鱼为生。后来水库被人承包了,镇江人也就断了生路,好在这里水草丰茂,一到六七月份,河岸上,以及水库水放完,西边露出的草滩就是很好的牧场。六七月份的季节,河岸上随处可见这样的畜群。倒也是一处风景了。

  直到有一天发现,眼前绿草如茵的河岸,不远处白花花的河,而过了河是黄澄澄的沙漠,这颜色的交叉,条状分布,像一条彩带,从遥远地方延伸而来,这又是一道美丽的风景了。

  这两次意外发现的风景,是我这次看口工作最大的收获。很多年里我都在怀念那轮又大又圆的太阳和月亮,它们始终像一盏明灯照在我的心上,指引着我前进。而那片河岸,我一直在向我周围的人说,那是我见过的最美的一片河岸了,在那里你完全不会相信你是身处戈壁,而完全像是在内蒙古大草原。

  时光一晃而过,越是愉悦舒心的日子过得也越快。短短的一个月的看口生活转眼就结束了。所里已经有人来通知,黑河全线闭口均水工作全面结束,我们再不需要在这里看着了。而等待我们的新工作已经分派,我知道那又是一段难以平复的记忆,就像这段看口的日子,它始终萦绕在我的脑海。那片夜色,那片绿,那轰隆咆哮的水声始终都植入其中⋯⋯

在荒凉里,我落荒而逃

每当写到这些荒凉的时候,我的内心实际在滴血。那是一种打断骨头连着筋的深切痛感。这种痛感其实是一直都存在的,只不过我们后来渐渐地熟悉也渐渐地麻木了。因为我们从小就生活在那样荒凉的一个境遇里,有时候,我们自觉得已经适应了这样的荒凉,就像在我的诗歌里写的那样——"我已经习惯了这里的荒凉,习惯了这样的山水和土色……"而且长期生活在这样的环境里,我们也已丝毫没有怨言。

但后来有机会去了外地,看到他处山清水秀,我的内心是一种难以平复的羞愧。我曾为我有这样贫穷的故乡而羞愧,甚至懊恼。而它的贫穷与我们生活的苦难又是紧紧相连的。每当这种时候,我都无法自持,无法面对自己的情绪。而后来在读到朋友们书写自己家乡的作品时,看到他们把这种深情和苦难全部书写到诗歌当中,他们的深情反而让我无地自容。我为什么要去嫌弃自己的家乡呢?这就好比我在嫌弃自己的父母。母虽丑,但那也是我的娘啊;家乡再穷,那也是我的家乡啊。它养育了我三十八年,我怎么能嫌弃它呢?现在我只是看到了它的破败和衰退,但我怎么就能忘记它的淳朴和包容呢?而在我们的童年里,不管我们做了多大的错事,它都能够容忍我们。我们的童年曾经留在这里,我们把人生最美好的记忆也都留在

这里了，我们有什么理由去嫌弃它呢?!

贫穷是因为我们离它越来越远了。我们撇下了它，再也不闻不问，致使它越来越衰退，越来越苍老。现在村里很多人都去了南方，或去了生态环境好的地方。包括其他在这片古老而荒凉的土地上生活着的人们，他们大多也都去寻找生活环境好的地方了，而乡村被丢弃，致使它更加荒凉。

我是希望，通过我的书写，能唤起人们对它更多的关心和爱护。就像我们一直固守在那片土地的父辈们，他们现在还被打上了"留守老人"的标签，他们也已成为这个破败乡村的一部分，即将伴着这个衰亡的身体，度过他们孤独的所剩不多的时间。

二十年前，我曾在一个偏僻的小站上工作了四年多时间，而在后来的六七年里，我也在一片被荒凉围着的田野里奔走。每日所见的无非荒草萋萋、黄土路、戈壁滩、大荒原……这样的凄凉景象处处可见。在这里生长着沙枣树、梭梭、红柳、冰草这些常见的物种。砂石里滚出了一些车辙印，而我们在这些车辙印上走过不知道多少回了。每天，耳朵边"呕呕"地刮着风，荒原里只有草动，树木簌簌摆动，没有人烟，甚至有时连个鸟的影子也没有。在这样的境遇里，你不感到荒凉才怪呢。在此时，我的内心孤独而且心事重重。我怎么也想不通自己是怎么样走到这样一个环境里的。

每日里，心里都有一个孤独的兽在叫，这个兽把我叫得孤独、害怕！但也把我叫成了一个热爱自然和热爱诗歌的人。每当我心有不快时，我会走向荒原，荒原这时就成了一处避难之地，尽管它也伤痕累累，尽管它也孤独难受，但我们此时是同病相怜的人。而终有一天，我开始读懂它了，读取了它内心的密码——它对于我的态度以及对于人类的态度。它慢慢地给了我一份安逸。当我走累了躺在沙漠里时，当我坐在河岸上看山景、河面及远处沙漠的时候，还能看见草场和草场上的牛马，我的心情又霎时畅快无比。心底的那些块垒一点点被去除，那些令人心痛的事情也随之消散，好似这之前经历的一切从未发生过。这些荒凉里的景又是多么让人迷恋，那就像一处无人之境，一块无忧之地。

　　曾经有一段时间，我喜欢到站所西边的沙漠里去。每当心情不快时，心里憋闷得实在忍受不了时，我都会去那里。那是一片邻湖的沙漠，远处波光潋滟，而这里却寸草不生，一望无际。人一下子又仿佛陷入绝境，就像已经陷入绝境的人生。站在某一个沙丘顶上，向南向西向北望去，绵延千里的沙漠哪里是我们能够轻易涉足的，顿时精神委顿，迷茫至极。心里的痛点也随之如影播放，那些点点滴滴如在眼前。人生虽才刚刚开始，那种绝望却是深切的，真就像如临深渊，如入绝境。每当这种时候，心情都抑郁到了极点，情绪也低沉到了极点。就想放声大哭一回，但真正哭出来只有一回，更多的时候，是眼泪在眼眶里打转，一片迷蒙之后，眼前的景物仍然又会给予我无限的力量，这种力量来源于它本身的美。如果说那种绝望是让人精神涣散的，那么眼前的美景又是震撼人心的。荒原有荒原的美，沙漠有沙漠的美，而此前感知到的绝望、失意、无奈却又不在了。每每如此，我便更喜好于穿梭在那些红柳丛中，跑过去察看野兔的踪迹；喜好于静静地坐在山顶上，看万重山峰延绵向远方。尽管眼前山上没有一点草木的痕迹，碎石遍地，荒绝鸟声，但那无止境的延绵也是让人难以不去想象的。那延绵的远方又会是哪里呢？会不会是一片水草丰茂的草原呢？每当如此，我的心情便大好，再不为世俗间的那些尔虞我诈而伤心落寞，而斤斤计较了。

　　再比如，有一次，我在荒原里执行一次工作任务时，偶然发现那天的月亮又大又圆又亮，满河的河水波光粼粼，反射着月光。那种清幽、寂寞，却让人心静如水。我在河岸上伫立良久，早已忘却不远处尽是坟堆。第二天，忽然发现青绿的河岸、白晃晃耀眼的河水，以及不远处橙黄的土地和红色的沙漠，像一条条五颜六色的布条缝缀出的布面，大地竟是这样妖艳、美丽！而此前，我们被世俗的烦恼、不快所蒙蔽，一点点失意就让自己失去观赏美和发现美的能力。其实大自然的美又何止于这些，只要我们乐于亲近它，美随处可见。随着时间的流逝，那些尘世的遭遇、不快、烦恼，最终还是被大自然的美景所代替。去时，往往心情烦闷至极，来时，心里却又如明镜般轻松，都能照见自己心里的所想。这何尝不是我们向往的。通过与这些荒原之景的接触，内心逐渐生长起来的力量，足以抗衡世间的一切烦恼。

当单位上的那些人，望着我从外面蹦蹦跳跳走回来，活脱脱变了一个人时都感到奇怪。

这个习惯我已经坚持了很多年。每当心情不快时，我就会走出去。以前，身处荒原，每走一处，都能让我感受到那无以复制的绝望之美、荒凉之美。眼见那些沙石之中长着的杂草，荒漠之中长着的沙枣树和梭梭，这些顽强的生命怎么不让人感动呢？面对此情此景，我还能对自己的境遇感到悲伤吗？那些悲伤多么不值得，又多么无意义！每当此时，我的内心瞬间变得强大起来，令我都感到奇怪。

其实，这么多年，我就是这样不断地疗治和缝合着自己的伤口。一点点，从这些荒原的荒凉里冷静下去，找到人生的出口。

现在，我把荒原之美更多地看作心灵的栖息地，哪怕是片刻的安宁，也能让我得到心灵的满足。现在的荒凉，在我看来，已没有过去的绝望，令人止步不前了。而是有更多的东西在传递着，也与我有着密切的交流。当这些年脱离了水利之外的荒凉，走入别地的荒凉以后，发现各处的荒凉都是不一样的。敦煌是一种娴静之中的荒凉，阳关的荒凉则带着历史的沧桑。来到新疆，发现那里的荒凉悲壮且让人深陷其中不能自拔，但又寄希望于一缕清泉，一弯细小的河水。漫漫大漠，一棵树便能给你无限的憧憬。而在陇南大山中，飞瀑流下，山势巍峨，这刚刚被发现不久的荒凉之境，让人心生安逸，心灵顿时放松下来，如入无人之境。能在自然里陶冶、清洗内心的污浊，在荒凉里逃逸，尘世似远离，不再困扰于那些尘世的烦忧，该是多么快活的事情！

那次，从陇南回来，心灵平静了好长时间，那是一段疲累之后的休憩。在那段时间，安静地读了些书，唯有这种平静的心态，才是最好的读书心态。这样的日子似乎现在很难得了，每天都充斥着浮躁，让心平静下来都很难。我深知自己是一个格格不入者，与人交往的迟钝与慌乱，让我自感是一个尘世的失败者。而唯有抱守内心，我才是我的王，如果让我选择，我宁肯每日在这样的荒无人烟之境，让自然不断清洗自己，让心里的荒凉与自然的荒凉沟通，唯此，心灵才能获得最大的宁静。那就让我做一个尘世的逃兵，在荒凉里落荒而逃吧。

我们都有一个淡蓝色的梦

我的家乡在甘肃省高台县，处黑河中下流。2001年，为了改善祁连山保护区的生态环境，国家对黑河重新开始实施均水，水却是均给内蒙古居延海的。那一年，中央电视台曾报道了内蒙古额济纳旗150万头牲畜因缺水干渴而死和数次沙尘暴。其实那几年，四处都旱，早在1996年、1997年连续两年家乡都发生了大旱。一年里田地里浇不上两次河水，其他时候只能用井灌，有时井也抽干抽塌了，干望着庄稼一株株干枯死亡，家乡的人都哭红了眼。但很多人不知道为啥，天为啥会这么旱！

2001年，我到高台县水利局上班以后，在学习中，从报纸上、电视上看到报道有关祁连山雪线上升的事，说祁连山的雪线每年正以2~6.5米不等的速度在退化，如果照此退化下去，再过50~100年，祁连山上的雪会全部融化，祁连山最终会变成一个没有雪的山。祁连山如果没有雪会有多可怕呢？黑河里将会无水可淌，常年断流，不光黑河，从祁连山发源的大小十多条河流也都会干涸，而中国西部这一个个先后崛起的绿洲城市将会像三千多年前的楼兰古国一样被埋进沙漠。国家为了不让第二个罗布泊再出现，重新实施了黑河均水制度。

那一年是我上班的第一年，正好参与了黑河均水。张掖市全市上下，凡黑河流经的县区都要实施闭口。从9月1号开始，我们每人一个渠口，整整一个月吃住在渠口上，目的就是为防止当地老百姓不理解均水的意义而发生偷抢水的事件。因为就在我们到村社宣传的时候，已经听到了一些怨言，但老百姓整体的觉悟意识还是较好的。我看口的一个月，没见到一个当地百姓到闸口上去。但即便如此，我们还是坚持人不离口、口不离人，并且做到闸口滴水不漏，力争把每一滴下泄的水都下泄到居延海。因为那里已是一片干海，而我们的尽责才是居延海尽快恢复水面的保障。为了能真正做到滴水不漏，我找来了一块帆布，贴着进水闸向着河口一面的闸板上蒙了下去，由于水的压力，帆布紧贴住闸板，蒙住了闸板上的缝隙。从闸板上向后冒的一股水果然不见了。为保险起见，我还利用闲暇时间，在闸后打了一道1米宽的沙坝。市县检查小组的领导轮番到闸口上来检查，领导们对闸口上的情形都非常满意。

闸口四邻不见人烟，离最近的村庄也有2公里远，闸口上的管理房破损不堪，门窗早已不知被谁扒卸走了，我只能在闸口附近的一个瓜棚里睡了一个月。虽然看渠口的生活是孤苦的，但为了那片曾经碧波荡漾、现在干涸的居延海，我们的奉献和付出又觉得是值得的。

一个月的均水工作结束后，我们就又参与到了紧张的工程建设中。均水只是改善祁连山生态保护区环境的一项措施，主要还要通过物理节水，通过实施黑河节水改造工程，来改变原来用水量大、浪费水的现象。这个项目主要是对黑河沿岸农田浇灌的干、支、斗、农渠进行衬砌，这样可以减少水流过程中的渗漏，节约一部分水。而后是用水制度的改革。而前期的渠道修建是关键，也是基础。

这次的渠道修建也是全员参与，作为水管所工作人员，我们每人负责一至两条农渠的修建，长度不等。包括渠道的测量、施工，全部都由我们这些参与人员负责。我们不但要做好与村社干部的协调沟通工作，动员好群众，还要来回在渠道上奔波。在修建渠道过程中，我们不顾严寒酷暑，遇到了交通不便、老百姓因公差任务重而抵触情绪严重等困难，但我们都坚持下来了。2002年那一年，我所在的罗城灌区就完成了53公里的渠道修建任务，对于当时，在全灌区缺技术、缺资金、缺劳力的情况下，能完成这么大数量的建设任务已属不易。而我在罗城工作的四年，参与修建的干、支、斗渠有120多公里。2005年，我又调到高台县友联水管所，上班后不久就参与了该灌区的工程建设。这一年，我们几乎跑遍了整个灌区在八个村社开设的施工点。测量、组织老百姓开挖、拉石料、运转渠道铺设的砼预制构件、衬砌……每一道工序都需要我们一丝不苟地完成。但凡我们有一点马虎，都可能会影响以后的灌溉。我们深知这是牵涉千家万户百姓利益的事情，大意不得，马虎不得，宁肯多跑跑路，多算算，也不能出错。一年下来，光我的摩托车路码表上跑下的路程就达9000多公里，相当于兰州来回七趟。在一分钱补助没有，电话费、摩托油钱都由自己贴的情况下，我们没有半句怨言，为了我们的水利梦，为了全市人民的水利梦，我们默默地奉献着。

  那一年，我们顺利完成了77公里的渠道建设任务，完成各类建筑物487座。

  2006年，我所在的友联灌区在全县率先实施水票制改革试点。我又被安排到友联水管所下辖的柔远渠系，参与试点运行过程中的水量测算。知道我们手中拿的是一杆天平，我们的一点误差可能就是有失公允，让老百姓对整个水票制改革否定或不信任。所以，我们宁可少睡一会觉，也要做到勤测量、勤记录。由于资金和技术有限，我们背着流速仪奔跑在各个渠道闸口上，我们就是流动的测流站。一年下来，由于我们坚持原则，认真负责，水票制试点运行良好，而在后来的三年里，友联灌区其他渠系也开始了水票制运行。

水票制,实际上就是通过价格的杠杆作用来提高人们的节水意识。在张掖,水的节约已达到以方计算的程度,而对于张掖的老百姓来说,这的确有点狠心,对百姓如此约束,省下的水却全部都流向了下游的额济纳旗,有时候,连我们都有些情绪。但随着这几年的节水、均水,整个祁连山区和黑河流域内生态环境明显改善,我们渐渐理解了国家的良苦用心。雨雪明显地多了,一些以前不长草的荒滩戈壁,现在也变得绿油油的。而居延海从2002年下半年蓄满以后,现在又成了候鸟的天堂,祁连山雪线退化的速度也明显减缓。这都是我们水利人那几年辛勤努力的结果,也是张掖市全市人民共同努力的结果。

2011年,我调入高台县电视台以后,从一个水利工人成了一名电视台记者,但我的目光一直还关注着高台水利的发展。哪怕是一点点的成就我也会为他们欢欣鼓舞,继而用镜头、用文字来表达自己的喜悦。记得我刚上班那会儿,由于没有良好的拦水设施,水管所每年春天都要组织工人到黑河里打坝。冬天刚过,二三月份的冰碴子河水里,是水管所的18名职工和全乡百姓一锨一锨在黑河里拦起一条坝。有一年,在拦河坝就要闭合的时候,闭合口处忽然被冲开,水管所的一个年轻小伙子就被河水冲走了。这是一段让人心痛的历史,至今留在那些当年参与拦河打坝的水利人的心里。而2011年我去的时候,发现马尾湖水库加固加高了,堤坝全部都用花岗岩块石铺砌了,有三个村的渠口都修建了拦河坝。水管所的工程技术负责人告诉我,这是国家实施黑河节水改造项目的二期工程,主要就是河道治理。由于罗城灌区情况特殊——一村一渠,引水困难,高台县水务局积极向黄河管理委员会申请,要求资金向这边倾斜,修建了这三座拦河坝,才改变了当年年年"打河坝"的状况。"终于不打河坝了!"这是罗城村社百姓的心声,更是在这里工作的老水利工作者的期盼。那种冰碴子河水的刺寒，望着几百米宽河面的怅然若失和极度劳动下的疲累，哪一种不会激起他们对安逸一点的工作的向往呢？现在，拦河坝的修建，不仅对罗城镇全镇百姓是解脱，对这些长年在水利一线工作的人们更是解脱。因此，我扛着摄像机到河口上拍了镜头，还采访了水管所的工人和附近村社的百姓。这个新闻报道一出去，反响不小，不仅仅是我找到了新闻的切入点，更重要的是，我表达了大家的心声——这正是我们这些水利人多少年的梦啊！

尽管我现在已彻底离开了水利系统，但在我的心里，我依然认同自己是一个水利人。我写的诗歌是水利人的诗歌，我的新闻报道也多关注水利建设和水利民生。我还想写一部反映我们这一代水利人的长篇小说。他们为了心中的梦想，一辈子都战斗在水利工作第一线，没有一个人喊苦叫累——没有实施水票制前，收水费难；没有资金，渠道破损，管水难……但哪一种难都没有难住他们。他们靠自力更生，靠着一以贯之的精神坚持了下来。有些人干了一辈子，现在退休下来，也还关注着水利民生事业的发展。而我的关注，更多的也是对那些底层水利工人的人文关怀。以前，各水管所住的都是20世纪八九十年代修的房子，破烂不堪，现在都修了一砖到顶的新房；以前水利工人们工资发不下来，我刚上班那几年，都是半年才发一回，拖欠工资的情况特别严重，但现在基本没有了，每月工资都能按时发放。这些都是不小的进步。过去，人们议论起水利来，都说水利上的人没文化、素质低，现在，年年都有大学生招考录入水利系统。现在，水利上的变化是翻天覆地的，我深深地为水利上这些年的变化而高兴！

我的渴望，在这些年的关注中，一点点实现着。这可能是我很久以来，心里早就孕育的一个梦想，它的变化集中表现在这五年，但又何止这五年，这十年，这二十年、三十年里，它一直在努力改变着,作为我们这一代和上一代水利人共同的一个梦想。

而我们也将为这个梦想一直奋斗下去!

中篇 叙事篇

残缺的早晨

每当精神好的时候，我都会到单位附近的那个广场里围着转两圈，锻炼锻炼。那天也是，从早晨起床，精神头就好，因为读了一个多小时的书，又写了几首诗，心里的浊气和污气都被排得差不多了，所以心情愉悦，精神头特别好。收拾停当，就出了门，到老检察院十字路口那的豆浆店里喝了一碗豆浆，吃了一根油条——这几乎是我现在每天的固定饮食了。以前还喜欢吃臊子面，偶尔也吃顿牛肉面，但自从前两年胃渐渐的不好，这两种饭食就渐渐离我远了。先是牛肉面，都说西北人爱吃，但我还是不怎么爱，要是头天喝了酒，第二天吃上一碗，或许还会舒服一点，要是平时冷不丁地去吃上一碗，那种感觉就像是嗓子眼里塞了只苍蝇，整天不舒服。后来是臊子面，这个张掖人都爱吃的面食，其实也是我的最爱，先是在后街里找了一家，那家的臊子面吃了将近四年，偶有一天，发现店名换了，招牌换了，老板也换了，味道也不是以前的那个味道。以前的那个我觉得好像面汤是用肉汤兑的，后来的这个就有些吝啬了，可能是用香精兑的。味道早没有以前的那个好吃。加上胃不舒坦，这两种面食，我现在基本很少吃了。就吃点流食，或者豆浆油条，或者米汤。早晨清淡点，倒也舒坦。为了保持身体的常态，我还是选择了豆浆店的豆浆油条。简单，吃起来也很快，只三两下，就吃完了。

　　为了能在广场里转上两圈，我骑了电动摩托车。那是给妻子上班用的交通工具，前两年还没有买小车的时候，妻子就骑这辆摩托车上班。后来，买了小车，她学会了驾照，就开着小车上班了，这电摩就基本成了一个闲物，偶尔只有我骑一骑。

　　我骑着车，一路上穿风走云，避过了路上许多的汽车，也超过了许多的电三轮车，都是些农村的大爷或大妈开的，有的拉着老伴，有的拉着蔬菜或是瓜果，大概是到附近的集市上去卖的。还有些是骑自行车的，大概也是去上班的。锻炼身体的人走在两侧的人行道上，有的已经从湿地公园里转回来，准备回家了，有的才前往。总之，这个早晨是忙碌的，忙碌得倒也热闹。按我的话说就是充满着生活热气腾腾的气息。我喜欢这样的场景，也喜欢这样的生活。要是哪天看到生活一潭死水，没有点生气，可能自己的生命也不多了，也没几天好日子了。

　　有的时候，可能是自己的心情决定自己所看到的事物。连古人都说，要"不以物喜，不以己悲"，但我们往往不能摆脱自己的心境，总是将自己的心境强加给这个世界。有的时候，我们甚至觉得自己可笑。想想也是，世界为什么要以我们为中心呢？我们是谁呀？我们能左右得了这个世界？就像此刻的自己，高兴了，这个世界也好像是高兴的，令己愉悦，那些充满着悲伤的人也好像少了，那种悲情的眼神也不易被察觉了。从人们的面前走过，大家还会多看你几眼，好像是他们也受到了你的感染。

　　这或许就是生活的秘密！

　　但那天，我发现了一件事，发现生活的欢乐和那种健康的精神并没有让我改变来自广场上耳闻目睹的那些场景。从斜插的对角线走过，我看到了一个在某单位上班，也算是熟人的一个人，他几乎是斜着身子从我的身边走过，而且双腿好像不太

中篇　叙事篇

连贯地走着。我的脑海里猛然闪出一个念头——偏瘫患者。因为不久前,我的一个亲戚刚刚得了偏瘫,走路的姿势大致与这个小伙子有些相似。莫不是他也得了偏瘫?或者他即将会得偏瘫?我很想走过去问问他,但又觉得不合适。如果人家没得,那岂不是尴尬了?所以,我还是远远地看着他走过去,没有张口。

我重新回到自己的轨道上,刚才的那个熟人已经走远了。我继续着自己的路程,顺着逆时针的方向围着广场转圈。右侧是一家五星级大酒店,前方是人社局的大楼,转过弯是财政局和城建局、林业局。我们的单位在西面,这个广场基本是三面被这些单位围着。中间有个大水池,还有个"上善若水"的浮雕,靠北边的一侧是个舞台,专供节庆日演出使用。在广场里零星会有些小花坛,栽植了一些景观树,广场沿路也有。那些树有圆冠榆、馒头柳等,柳树还是比较多,那些垂柳是沿着广场附近的街道栽植的,主干道上的机动车道和人行道就靠着这些花坛、树池分隔开。早晨有了这些树以后就显得阴凉了许多,让这个夏天并不显得燥热。但当我转过东北角的时候,远远地就看到不远处一个坐在轮椅里的女人。当我走过去时,看到女人表情木然地坐在轮椅里,眼神空洞,又像是受到惊吓后,还没有从惊吓中回过神来。女人的胳膊在不停地摆动着,就算是锻炼身体了,而双腿却静静地毫无知觉地落在地上。我猜想这个女人定是遭受了车祸,把双腿弄残废了。我在走过的时候,那个女人看了我一眼。不远处一辆三轮车静静地停在那里,车里放着一床被褥,鲜艳的牡丹花色吸引着我,三轮车上坐着一个男子,手里拿着手机,正神情专注地看着。我想这个人一定是女人的丈夫。在这个空气清凉的早晨,拉着自己的女人呼吸一下清新的空气,总比待在屋子里要好得多。此刻平静的男人,应该也算是一个比较尽责任的丈夫了。妻子尽管在不远处,以自己的方式活动着身体，也像一个健康人一样锻炼着自己的肌体。似乎那些残缺，并没有让他们感到多少沮丧。就连那个女人的眼神里，那种悲伤也是很少见的。我也并没有因看到他们而感到那种残缺。

我匀速地走过去，渐渐与他们拉开了距离。在行进了大概一百米的地方，另一个女人正拄着两根手杖在向前挪动着。那两根手杖就像是两只手臂，接到地面的一端有四个抓趾，就像是四根手指紧紧地扣在地面上，帮助他们达到身体的平衡。这也应该是一个遭遇了车祸的女人，不幸的事情也在她的身上发生了。我很奇怪，今天遇到的这些人，先是一个看似患有或可能会得偏瘫的人，而后是一个双腿已无知觉的女人，接着是一个拄着双拐行走的女人，怎么在这个早晨全部被我遇到了呢？而这个拄着双拐的女人也似乎对生活还抱着极大的期望，在这样的早晨一遍又一遍地走着。包括那个在三轮车里看手机的男人，对于自己女人的遭遇，他表现出极大的耐心和信心，他的平静就可以说明一切。

这几天，肩甲稍感不适，是当记者时留下的病症，我得时刻加紧锻炼身体，让那些疼痛能够远离我。就像今天早晨我看到的那几个人一样，他们没有对生活丧失信心，而我也一样，我同样也对生活充满着信心。这些信心弥盖了生活中的一切不快，包括它的残缺。多好！

我们的端午节

以前的端午节,由于物质匮乏,经济条件有限,节日过得也相对简单。

在20世纪八九十年代,每到端午节,我们这里无怪乎就是在节日那天蒸上米糕,让老人孩子吃上几卷就算过节了。条件好的人家做米糕时,里面可加上花生、葡萄干,大多数时候人们为了图个方便只用糯米和红枣两种材料。

米糕的制法不像南方要用苇叶包起来。我们这里的米糕类似现在的八宝饭,用盆或锅直接蒸,蒸好后,放入白糖或红糖搅匀,再炸出柔软的"死面饼"(即用开水烫过的面炸出的油饼),再把搅匀的米糕一个一个卷起来,可谓一道美食。特别是在我们小时候,米糕一直是让我们馋涎的食物。

因为平时也吃不到更好的,有时过端午节,为了省钱,家里连米糕都不蒸了,我们只能眼巴巴望着别家的小孩吃。有一年,我记得端午节我们吃得很丰盛,那可能是我童年记忆里端午节吃得最丰盛的一次了。那天,母亲不但蒸了米糕,还宰了一只鸡。一家人围坐在桌边吃得满嘴流油,鸡被吃得丁点不剩,连鸡屁股也没剩下,最后我和弟弟望着空空的盆,似乎还意犹未尽。

现在过端午节,很多人都选择旅游过节。而不想出去的,也有好去处。在我们那个县，县政府每年都会搞端午节节庆活动。现在旅游业兴起，地方政府也逐渐重视起节庆活动的开展，一方面是依托节庆活动做活旅游，扩大宣传，另一方面也是丰富群众文化娱乐生活。我所在的甘肃省高台县县政府每年都会拿出一定的经费来支持端午节活动的开展。

端午节那天，会在我们县有名的大湖湾旅游风景区搞一场大型文艺演出，由县文化馆承演或邀请省市文艺演出团体来演出。除节目演出外，还有美食集市、商品交流会、民俗文化展等。因高台县处在黑河中下游，水资源比周边的市县要多，加上端午节活动又在大湖湾这样的水利风景区开展，也便有了极大的吸引力，每年过端午节，龙舟赛已经成为县上必搞的一个活动。

除这些活动外，到湿地公园、大湖湾、月牙湖公园看看风景也是不错的。这两年市县发展旅游业，精心打造了黑河湿地公园。现在黑河湿地公园是我们甘肃省最大的几个国家级城市湿地公园之一。那是由当年的臭水沟、垃圾场改造来的。当年的场景还历历在目，现在的高台人在享受了眼前的浓荫绿树、小桥流水的美景之后都伸出了大拇指。我在电视台当记者时还对这方面进行过多次报道。后来，每到端午节，树木变得葱茏，河岸、湖岸绿草茵茵，不可不说是美景。在当时我们从旅游局和统计局要来的数据来看，每年的端午节，游大湖湾和湿地公园，包括其他县内游的游客都是成倍增长。这几年县上的变化大，不光建了这个国家级湿地公园，还新修了博物馆、游泳馆、科技馆、中医馆等场馆，还引进资金建成大小酒店十来个。城市建得好了，风景也好了，旅游业也渐渐好了起来。端午节正是来高台旅游的好时节。不光高台本地人生活在这样的环境里，满脸幸福，连端午到这里旅游的外地人也都竖起了大拇指。

在当电视台记者的那几年，每年端午节都安排有采访任务，虽然陪家人的时间少，但看到家乡变美了，旅游业也渐渐火起来时，心里也欣慰了许多。这两年，从电视台走出来，到了文化馆，每年的端午节仍然奔忙在端午活动的各个现场。但活动结束后还是不忘带着家人绕大湖湾转一圈，看看风景，陪孩子坐坐船、骑骑自行车，毕竟是过节嘛。也许是心里有愧疚，以前端午节陪他们的时间少，现在尽可能多陪陪他们。

　　望着孩子们开心的笑脸，望着眼前的美景，想想我们以前的端午节，显得多么寒碜。现在，真的是时代变了，连节日都让我们感受到国家铿锵的前进步伐——我想，她的愿望和福祉便是让普天下中国老百姓都过个快乐的端午节！

回忆是时间的窗口

窗外一切在变,一切都已被淹没在时间的海洋里。掠过海洋的苍茫与辽阔,我们时而会感到温暖,时而会感到冰凉。

记忆里有火热的心跳,我们即温暖;有落泪的伤感,即冰凉。但无论如何它们已是我们人生的重要组成部分。

二十年前,当穿过那条幽深的巷子,两边的红墙阻挡着我们膨胀的想象力,一路将我们带到那个学校。

记得那一天,经过一夜的舟车劳顿,我和父亲踩着城市的霓虹灯,踩着初秋的落叶,走进巷子,拐进兰州电影制片厂的大门。向右拐,穿过一片梧桐林,再向里走,穿过一排桑榆护佑的林荫小道,再走进一道铁门即是我即将上学的学校了。

在一排红墙平房教室里,我见到了那个学校的老师,有男有女,正为入学新生办理手续。教室空旷,窗明几净,但陈旧的屋舍让人感觉又回到了几年前的乡村中学。

原以为省城的学校高大、气派,无论如何也会比家乡的学校环境条件要好,殊不知还不如老家的乡村中学呢。我们那里的中学在90年代已经全部修起了教学楼,这样的陈旧平房已很少见。

当看到此种情形,我当时的心情不免有些低落,失望与灰心交织在一起。

本想父亲会说："回去吧！不行就上高中。"但这句话终究没有从父亲的嘴里说出来。

他给我在学校报了名，又将铺盖送到分配的宿舍，等安顿好我，他参观了那个宿舍小院后，便要连夜赶回去。

我把父亲送出那道铁门，并坚持送出兰州电影制片厂的大门。

秋风依旧萧瑟，落叶在脚下打着旋儿。我看到那么多的落叶在脚下纠缠不休。

我感到那一年的秋天是最凄凉的。

直到父亲的身影消失在红墙巷口，直到我踩了一脚的秋风，我才开始了三年的中专生涯。三年里的彷徨、迷茫、欣喜、幸福、希望，曾流过泪，也曾心怀向往和美好。眼泪曾是深夜里的绝唱，迷茫的是人生无前路，但希望总在前方。

大体上说，那三年彻底改变了我的人生。在那三年里，我喜欢上了文学，开始了写作。经历了我第一次恋爱，认识了秋实、艳、天宝、何鸿、梁婕、柳絮、张燕、雷立喜、张永录、老康、吴向彤、师文举……这些熟悉的名字，成了我那三年不倦的记忆。

今有幸再次走进那条红墙小巷，走进兰州电影制片厂的院子，走进当年的学校——尽管学校已不在，大部分已被开发成家属区，但依稀还可辨认。那栋曾作为我们教室的二层小楼还在，女生院子的一排宿舍还在，女生院子门口的那棵柳树还在。那棵柳树下原本还有一张乒乓球台，一到休息日我们便去那里玩乐，其实是想借此见见心仪女孩的身影……

时间不管如何流逝、游走，回忆都是其窗口，为我们承载了太多的故事，也将我们引向生活的滚滚洪流。

市 井之声

这是一段短暂的声音,短暂是因为只给了他们不到一个小时的时间。

他们是一些来自农村或城市的小摊小贩。他们有的开着电动三轮车,有的骑着人力三轮车,也有开着三轮汽车的,南边靠近体育馆展柜的就是三辆卖肉的三轮汽车。而除了这三辆三轮汽车外,其他车上有的放着青菜、萝卜等蔬菜,有的摆放着苹果、香蕉和梨等。那些水果和蔬菜有些是从农民的大棚里刚刚摘下来的,而有些似乎已搁太久,不再新鲜了。那萝卜本来鲜艳的色调此刻却显得有些暗沉,像生病了;而那些梨或香蕉,则像长了黑斑一样,随意堆放着。尽管摊点的主人不断地吆喝"便宜卖了,便宜卖了",但买的人还是很少。人们侧过头去看,问:"都这个样子了,还能吃吗?"摊贩捡起一个,擦擦放到嘴里,啃上一口,水就顺着嘴角流下来,一边说:"咋不能吃?好好的,就是外边变色了。"看的人才挑上几个还能看得过眼的。

转一圈,就能看出来这里的东西比别处要便宜很多。一方面是因为这些摊贩就是附近村子种菜的农民,他们直接从自家的地里或大棚里摘下菜,拉到这里卖,属于自产自销,不用再拉到东边的菜市场卖给菜贩子,他们卖得比城里的零售价便宜。

另一方面是因为有一些是不新鲜了的蔬菜水果,在菜店或正经摊位上已经卖不了好价钱,在这里倒是让大家捡了个便宜。

到这里买菜的都是些什么人呢？是早晨起来锻炼身体的人,要么是老头老太太,要么就是一些中年妇女。这里临近大操场,也就是大家熟知的"全民健身活动中心"。西边则是一些中老年人跳广场舞的地方。自广场舞时兴起来以后,县城里每天到处都能听到这样的音乐,看到跳广场舞人的身影。特别是去年与前年,中心广场改建,很多锻炼的人无处可去,一部分人就找到了老文化委大楼东侧的这片小广场。而那些商贩们也瞅准了这个地方,在这里摆起了摊,老头老太太们跳完舞,顺便在旁边买点菜就回家了。紧接着卖水果、卖肉的也来了,还有两个卖鞋袜和衣服的,也利用这短暂的一点时间,摆摊设市。前面吆喝声此起彼伏,后面音乐声不断,让人想欣喜地说一声:"这才是生活呀!"讨价还价的、看称的、挑拣水果和蔬菜的,熟悉的生活和熟悉的情景,好像几十年都没有变过。

那些人还穿着运动衣,慢下来的步伐,穿过摊位间的过道,每个人的脸上都是市井里那随意的微笑和惬意。

在那些摊位间忽然看到一个亲戚,他原来是在西十字街口的拐角处摆摊,后来那里不让摆了,没想到他又在这里"安家落户"了。他的叫卖声还和在西十字街口摆摊时一样——"快来买啊,梨便宜卖了!"声音高亢而直接,引得几个人上前去观看。这边一个人更是咧嘴笑着,想不起是在哪里见过的。那人转过头又向着人群喊:"便宜卖了,便宜卖了,快来看哪!"声音高亢而热烈,朴素而真诚。

我微笑着愉快地离开了那里,忽然觉得这才是真正的生活。

从零开始

那天的情景很多年里都不曾抹去。那扇窗户也幽暗得让人发慌。

母亲躺在炕上，身上盖着被子，眼神呆滞，望着天花板，一头的秀发披散在枕头上，而枕头早已被泪水打湿。父亲站在门背后，在昏暗处止不住地拿着毛巾擦眼泪，旁边站着二娘——这个善良的女人正安慰着父亲。我听到他们的谈话，是说人死不能复生，活着的人还得好好活着……

我其实还是一头雾水，父亲和母亲并没有告诉我什么，他们一从县城回来就这个样子，母亲整日以泪洗面，唯一不见的就是我那漂亮可爱的弟弟文军，现在不知道在哪里。两个月前，母亲将我交于二娘，我吃住都在二娘家，听二娘说我父母是给文军看病去了。但至今不见他回来，我也正好奇，父母回来，怎么没有将他一同带回来呢？

"孩子没有了，可以再生，你们要是有个什么闪失，今后的日子可怎么过下去！"这话是二娘说的。当时，她正站在父亲的身旁，声音压得很低，但还是被我听到了。

我站在炕角，看到父亲悲恸的身影。父亲没有接二娘的话，身体变得一耸一耸的。

再看母亲时，母亲满脸的泪肆意流淌，我心疼母亲，也没有去问母亲文军去了哪里,我知道这会儿问了,母亲也不会说。我伸过小手抹了母亲脸上的泪,又握着母亲的手,想用我小小的手给母亲一点安慰。

看看家里的情景,再看看窗外那阴沉沉的天空,我的眼睛忽然间变得酸涩起来,心的里悲伤也一下子蔓延开来。

我知道二弟可能再也回不来了。心里无助、迷茫,心里疼得让人发慌。想想和二弟一起玩耍的时光,想想他的漂亮、聪慧,他就这样从我们的世界里走了,不免心里怅然,还有种失去后再不会复得的悲伤。

我的伤感来源于一个小孩子对一个伙伴的情义,一个吃睡在一起,甚至拉屎撒尿都要一起的伙伴,失去是让人痛心的。

我忽然间的抽泣,引起了二娘和父亲的注意,二娘走过来也哽咽地说:"看看,孩子都知道了……"

我握着母亲的手更紧了,她的手汗津津的,像从水里捞出来的一样,我很怕她的手从我手里滑走,所以,我必须握得紧紧的。母亲像感觉到了我手上的用力,手上也用了劲,将我的手牢牢握住。

那一刻,我忽然听到母亲长长地出了一口气。她慢慢地坐起来,披了衣服,靠在一叠被褥上。二娘也喜极而泣地说了句:"哎,这就对了嘛,以后还要好好生活呢,他走了是他福薄命薄,再一个你们好了,他才走得安稳。行了,我给你们生火做饭,你们肯定一天都没吃东西了,娃都饿了。"

母亲说:"不用了,嫂子,你忙吧,我来做吧。"说着就要起身,却被二娘挡住了。

二娘说:"别逞能了,今天就让我伺候你们一顿,不打紧的,也没什么不好意思。你安心等着。"

虽然是冷锅冷灶,好长时间家里没有生火,但半个多小时以后,二娘还是做好了一锅甜面条。二娘盛了一碗给母亲,放在了炕沿上。父亲还杵在那里,不肯来吃饭,被二娘硬拉着坐在饭桌旁,递了一碗过去。父亲还是不肯吃,二娘说:"你不吃,你媳妇和娃咋吃啊?你是让大家都跟着你饿出毛病啊!"

被二娘数落了一顿,父亲才吃起来。父亲吃起来,母亲也吃了,我也才开始吃。这时才感觉一股暖流从胃里流淌出来,流满全身。

此后的几天,家里的气氛还是很沉闷。谁也不说一句话,母亲始终眉头紧锁,她好像一直在忍耐着;父亲到处找活干,仿佛手里一旦停下,那些痛苦就会攀附而来。而这样的生活一直持续了很长一段时间。

直到父亲又去工作了,家里就留下母亲和我,我们娘俩相依为命。我还是常常看到母亲沉默,在任何时候都有可能出神发呆。有时,我竟听到她自言自语,我想听听母亲说什么,但往往都听不清楚。我便叫醒母亲,问她,刚才说什么呢?她说,什么也没说啊。有时,母亲说话,我听到后会回过去,发现母亲完全没有意识到。

这种状况一直持续了很长一段时间。直到母亲再次有了身孕,怀上了三弟,她才好像好转过来。自说自话的情景也没有了,脸上也渐渐露出了一丝笑容。

而我也时常想,一场变故,就将一个家庭改变了。很小的时候,我还经常听到父母唱《苏三回家》和《鸳鸯配》,二弟的去世,给他们的打击实在不小,好几年都没有再听到过他们的歌声。

三弟的诞生,让这个家重新燃起了希望。那时,我也一天天长大,便充当了三弟的"带领人"。也就是我要整天陪着三弟玩耍,或看着他不能掉到炕底下,而母亲整日都在干活,好像她有干不完的活。但有时,我贪玩,也有掉下去的时候,后来我就从窗户的扣鼻上扯了根绳子将三弟拴起来,不致让他掉到

炕底下去。因为自己贪玩,常常没有给三弟按时喂奶粉,饿得他哇哇大哭。母亲回来看到此番情景常常是生气至极,就将我抽打一顿,但完了我还是会跑出去玩耍。

生活好像又恢复到以往正常的秩序当中,父亲仍然是隔段时间就从单位回来看我们,在家里帮母亲干干农活。有时,父亲忙了,回不了家,母亲还会带我去父亲的单位找他。他们的感情恢复如初,而我们这个家也在1990年前后,发生了一次变化。

父亲的本意是好的,他在单位承包了一个铁皮加工厂和一家餐厅。他本来是想让母亲到城里跟着他享福去。因为家里经历这番变故,让母亲跟着他受了不少的苦,尤其是第二个孩子的病去世,给整个家庭,尤其是母亲的打击太大了,他从心理上觉得愧对母亲。我常常想起母亲自说自话时,在那种时候,母亲的心里其实已经是痛苦至极。她是怎么熬过来的,只有她自己知道。在这种情形之下,一个人离疯掉也不远了。

后来,父亲的工厂因种种原因倒闭了,他自己也被重新分配到了一个农场工作。让母亲到城里享福的愿望没有实现,母亲仍然回到了老家,种起了那几亩地。一年后,我上了初中,母亲又尝试在父亲所在的农场种起了啤酒花。之前,为了不耽误我上学,让我继续在老家上学,母亲便骑着自行车奔波于农场和我们那个贫寒的家之间,那二十多公里的路途一直走了三四年时间,母亲才停下来。

父母之所以如此努力,都是由于此前给二弟看病借下了许多债务。后来我才听母亲说,二弟得的是心脏病。当时医院提出要安一个心脏泵,说要三万多块钱,这把父母吓呆了,不要说是三万,就是三百他们也拿不出来。这样拖拖拉拉,持续了两年多的治疗,花光了家里所有的积蓄,而且还借了许多的债。所以,父母要拼命挣钱来还债;另一个原因就是他们看到我们渐渐长大，心里的压力也渐渐增大。

生活从失去二弟时变为零，到后来三弟的诞生，又成了一个起点。父母要从这个起点，重新开始新的生活，也为我们创造新的生活。

在我上中学的那几年，三弟寄养在四姨家。等我上了中专以后，母亲彻底放下了家里的那几亩地，一心在父亲所在的农场种地，而三弟又转到附近的镇子上上学。虽然，生活辛苦，三弟因多次转学学习吃力，但整个家庭的生活还是蒸蒸日上的，父母也是攒足了劲。特别是在我中专毕业，被分配到县水务局工作以后，父母亲都长长地出了一口气，就像当年的母亲，在失去二弟后在二娘的规劝下长长地出了一口气一样。这一口气，是那些年一直积压在父母亲胸口的一口气。

那口气其实就是因二弟的离世和二弟生前看病欠下的债务给这个家庭带来的贫穷和压力。那口气一直让他们难安。

直到我上班以后，为家里也能挣到一份工资的时候，父亲才敢说出要在城里买房的打算。这次，他想彻底改变我们家的性质，彻底让母亲当个城里人。

我们一致同意，最终，在医院附近买下了那栋我们只住了一年时间的平房。

2002年，有一天父亲回来高兴地说，单位给职工分配低价房。其实总价也就比市场价少一万多块钱。父亲蠢蠢欲动，又想买楼房。父亲说，大家都在买，不会有问题的，这是个大好的机会。虽然我们都反对，认为刚买了平房，有住的地方，何苦再花那个冤枉钱，但父亲心意已定。最后我们还是买下了一套二楼的两居室，踏上了漫长的还账路。

后来母亲还到建筑队打过工，父亲拼着命地工作，也都是为生活再有新起色而努力。尽管后来在我们结婚时也为房子的事而犯难过，但因为心里早已承受过比这更大的压力，也都挺了过来了。现在生活渐渐好了，我们也都成家立业，有了自己的小家庭，父亲仍然在退休后又返聘修路修渠，再额外挣一份工资。六十多岁的人被晒得焦黑，我们看着都心疼。我知道，他是穷怕了，觉得手头不存下点钱，心里就不安。过了一辈子的穷日子，他们要直起腰杆做人。

这几年生活好了，父亲也不再一个人喝闷酒了，常常都有我们一起陪着他喝。看着我们，他说，心里踏实。

其实，我也经历过一无所有，今天的一切全靠自己的奋斗获得。我也不怨父母，我知道他们过得苦，没有多少钱，我不靠自己，靠谁呢？后来，我照样不是靠自己种地、开店、写作赚稿费一步步将生活过好了吗？

有时，我也想，人在一无所有的时候不可怕，可怕的是一个人失去了斗志。这从父母的身上，从我的身上，得到了验证。

生活会善待那些从不丧失信心的人，就像当年的父母亲一样。

毕 业

那个夏天，天气有些炎热，即使是早晨九点多钟，仍然感受到了来自夏天的那股热量。一大早我就换好衣服，穿戴整齐准备去学校看成绩。

我穿着一件白色的短袖衬衫，从家里走出来的时候已是九点半。我骑着三年里一直没有离开过身的那辆红旗牌老式自行车，出门的时候母亲只说了一句"早点回来"就去干活了。

那辆破自行车依然发出"咯吱咯吱"的声音，也许是哪里的螺丝松动了，我把它当成一种正常的声音。这种声音不知从什么时候就一直存在了。这辆自行车还是父亲骑退下来的，他给我修了修就让我接着骑了。因为家里没钱，我也知道父母的不易，所以从不张口。

我知道自己这次肯定是考砸了，心里想着如何向父母交代。因为我知道既定的事实是不能更改的，我不能将自己的命运拿过来重新书写。

一会儿自行车就出了庄口，走进一片玉米地，走在那段自己不知道走了多少遍的乡村小路上。走在那段路上我时常会一个人唱着自己编写的歌。自从母亲给我买了随身听以后，我时常听一些歌，或听要背诵的语文课文或英语单词。买随身听的初衷并不是为了听音乐，而是为了弥补我经常不能准确记忆的先天缺陷，在学习较为紧张的时候，能把上学的这段路程充分利用起来。我牢记着鲁迅先生的那句话：时间就像海绵里的水，只要愿挤，总还是有的。但有时，在学习了一天，感到疲累的时候，我也会放上一两首自己爱听的歌曲，把音乐的那种清新与玉米地的清新融合在一起。

除此之外，我第一次想起初中三年的时光。记得就是在那年春天，我下定决心，要以更好的成绩来报答父母。我知道自己在这所乡级中学里虽然已是拔尖的学生，但对于全县的其他六七所中学而言，我不知道又会排到多少名次上。我便发奋读书，因为我已经看到自己只要稍稍用点功夫就能达到目标，实现理想。应该说自己的天分并不差。所以就开始夜以继日地学习，比以前更刻苦了。晚上自习上完十一点，自己还要点灯学到十二点或一点（为了节省点电，学校自习课上完，也就停了电）。早晨五点钟起来，在寝室学上一个小时才去学校。

刚开始的时候还能坚持，后来身体就有些吃不消了。那时候毕竟生活条件有限，不像现在大鱼大肉地吃。那时候每天粗茶淡饭，也就是一个星期或十几天母亲买上些肉，解解馋。开始是头有些昏，母亲就给我买了一瓶那种廉价的补脑液，我喝了一个多月，脑子不太昏了，身体却极度虚弱，一场重感冒，几乎就将我撂倒了。当我昏昏沉沉地趴在桌子上听课的时候，我的脑袋像是增大了几倍。我向来是个倔强的人，对任何事都不服输，加上家里当时正逢一场变故，父亲的厂子倒闭了，欠下了很多债，为了不给家里增加负担，我给母亲说扛扛也许就过去了。但这一次我扛扛并没有过去，而是病情一天比一天重。我开始鼻塞得就像被什么东西堵上了，无法用鼻孔呼吸。头轻飘飘的，像浮在天空。我整日昏昏沉沉，听课理所当然的什么也没听进去。后来演变到我完全听不进去老师讲的内容，脑袋里一片空白，不会想象，不会思考，连那些最基本的，以前我根本不屑一顾的数学计算题也不会做了。只有一些靠死记硬背下依照公式运算的题才勉强计算得出。我的头一阵一阵的疼，就像有人故意拿锥子在我的脑袋里扎，锥心的疼痛一下一下地涌过来。

村里的医生给我开的也无非是些治头疼的药，然后就是治鼻塞的感冒药。吃了那些药以后，疼痛依然，病情依然。

我是一个害怕耽误学习的人，病拖到如此严重也有这方面的原因。我上学这七八年很少请假，连迟到都只有一两次。所以就更不可能请假去看病了，有病就像这次一样先拖着。但这一次可能把我整怕了。那种病痛的折磨真不是人受的，那种疼是隐隐的钝疼，并不尖锐，但时间一长也消耗了我很多的体力，身体虚弱也是必然的。所以这一次我实在坚持不下去了，几乎是带着哭腔对母亲说，给我买点药吧。

当然了，做母亲的看到儿子疼成那个样子，也心疼啊，也就埋怨起我来，早点不找个医生去看，把病拖成这个样子……自己也后悔，却为时已晚，只能忍着并寻求办法医治。

但面对就在眼前的毕业考试和中考，我丝毫没有懈怠，还像以前一样，记不住的东西一边听随身听，一边跟着念读来记，但身体却再度虚弱下去。

毕业考试那天，我记得数学试卷上有一道大题我没有做出来。在我们学校我是数学拔尖生，有一道大题做不出来，在我历来的考试中都是没有过的。这一次我重蹈覆辙，又一次演绎了小学毕业那次考试的情景。那一次，是由于父亲做生意赔了，厂子倒闭，闹得家庭四分五裂，我受到了影响。但这次呢，是我看到父亲和母亲如此辛苦，我想让他们高兴，但没想到却把自己的身体给拖垮了。

我听到初中毕业考试成绩后，心情沉甸甸的。我从以前的年级前五名，滑落到年级第十一名。我看到那些考得好的同学，尤其是那些平时考试不行，这次却超常发挥的同学就像捡了个大元宝，把他们乐得又蹦又跳。而我就没那么高兴了，我不知道，如果我告诉父母这次没有考好，他们会怎么想。母亲会不会还像以前那样说我到上场了却考不好，一个小学毕业考试就把我整个人都否定了。其实初中三年我一方面是为了父母高兴，拿我优异的成绩来消除家里那种云雾遮绕的气氛；另一方面我也在一直向他们证明我并不是一个心理素质差，一到大考就发挥失常的人。

但最后却是我的这种好强的性格让我尝到了苦头。特别是在两个月以后的中考中，我又发挥失常了。其实那时我已经是硬撑着了。那天，父亲和母亲都到县城来送我。父亲从打井工地上赶来的时候已经是头天的傍晚时分。半年里我没有见过他，见到他的时候我既高兴又觉得惭愧，惭愧的是我毕业考试没有考好。我想在这次中考考得好一点，来补偿上次我没有考好。就像一个做错事的人想补偿一样。我背负着这种心理，走上了决定我命运的考场。

父亲和母亲同我一起早早地到了县城，我们家有史以来——我、父母三人第一次坐在县城的饭馆里吃饭。吃完饭后，他们把我送进了考试的学校。我看到他们远远地站在校门外，目送着我，我的心忽然"咯噔"一下，像被什么东西咬了一样，眼泪止不住地流了下来。

我在考第一场英语的时候，昏昏沉沉地睡了过去，整个考试的过程我都像是浮游在天空中。当我被监考老师叫醒的时候，考试时间已经过去了半个多小时。中午吃饭，我只是低着头吃饭，没有跟父母说一句话。他们也没有问我，他们在中途从不问我考得怎么样之类的话，而是到全部考完了才问。他们也许是预感到了什么，父母那种哀伤的神情让我感到无地自容。我甚至不知道如何再去面对他们。

第二场是数学考试，几何和代数是同一份卷子，代数做得还可以，几何题就做得一塌糊涂。那些平日里被我战胜过的试题，那会儿又重新变成妖魔鬼怪横挡在我的面前，我想去战胜它们，但怎么也想不到解决的办法，反倒急出了一身汗。

第二天考试的时候，父母没有来送我。母亲因家里的农活忙，而父亲因只请了一天的假，早晨他就早早地骑着自行车上班去了。在去县城的路上，我还一直在想，不知父亲这一段时间又在哪个荒郊野外打井钻探。我初二假期的时候去过一次，那时正值农历七月十五，每年这个时节父亲都要回家给"先大人"上坟。"先大人"就是我们那儿的人对死去长辈的称呼。

父亲上完坟，第二天就打算回去。我硬缠着要跟他一起去，父亲便同意了，他就用自行车驮着我去他的工地了。九十年代的乡村摩托车还不普及，自行车是主要的交通工具。车子一路上走得很缓慢，颠颠簸簸的。穿过一个村庄，又过了几道沟坎，进入了一片沙枣林，过了沙枣林是一片荒地，就到了父亲他们的钻井工地。钻井工地离沙漠很近，我便到沙丘上堆长城、建宫殿，玩了半上午。吃过午饭，就睡了一下午。吃过晚饭，已经星星满天了。夜晚的野外寒气很大，我走出帐篷看到父亲正趴在机器上修理机器，两只手裹着黑黑的油渍。其他人没有一个人是闲着的，我就回了帐篷，一个人躺在帐篷里胡思乱想了许久，不知什么时候就睡着了。而当我一觉睡醒看到身边没有一个人的时候，我就走出帐篷，去找父亲。寒气一下子涌过来，我打了一个寒战。当看到一片灯光下，父亲还默默蹲伏在那台机器上时，一股热流从我的眼睛里流了出来。

那次是我真正被父亲触动的一次，他的工作环境竟如此恶劣，没有白天黑夜，就是一个苦干。我知道父亲自从厂子倒闭，被发配到这样的地方来，还被安了一个工作能力欠佳的罪名开始，父亲就只能默默地忍受，一度拖垮了身体，躺在了医院里，我们一家四口只有望着他哭。那一次让我对父亲有了更深的接触和了解。所以初三的那次考试我并没有就此懈怠，而是依然马不停蹄，我只想拿最优异的成绩给父亲看……

但那一次的考试并没有让我和父亲如愿以偿。我一路上想着父亲，满怀伤感和心事，当然也就考不出什么好成绩。第二天考试结束，我骑上自行车飞快地回了家。到家后没有同母亲说一句话，走进屋倒头就睡。期间我迷迷糊糊起来解过一次手，母亲喊我起来吃了一碗饭，所有的事情都像是在梦里，似醒非醒。

等到第二天我醒了的时候，母亲说我足足睡了23个小时。我都惊讶自己竟累到了如此程度。那是我长那么大睡得最长的一觉。这一觉醒来，我像一下子卸去了心上一个沉重的包袱，整个人都精神了许多，再不为考试考不好而发愁了，再不为如何向父母交代而不安了。其实他们什么都清楚，看到我那个样子，能考好也就怪了。就像父亲后来对我说的，那天他送我进考场的一瞬，他就感觉到了什么。因为我一直沉着脸。他们似乎感觉到我对他们淡淡的恨意，他说他知道陪伴我的时候很少，但他也没有办法，谁让他是一个无能的人呢。

听到这的时候，我的眼泪都流了下来。我还能说什么呢，我还能怎么去恨他？我没有能力，也没有资格去恨，因为我知道，即便如此我的一切都是他给我提供的，何况他的境遇也不好。

现在我所想的再不是去报答他们了。报答他们的想法从这次考试以后渐渐淡薄了，不知道我为什么改变了初衷。我对父母也有了另外的认识。我时常想我为什么会变成这样。我，我的生活为何一步步地陷入了这样的陷阱，而不可自拔？我一度疼痛的大脑，一直给我对这些问题思考的信号，我无法自持地慢慢开始探究和寻找着。

有一天，我从堂哥家找来了一本初中教师语文课外阅读书，上面有赵树理的《小二黑结婚》，我深深地被这篇小说所感染和吸引。特别是在描写到二诸葛和小芹的母亲时是那样传神，至今都让我折服。其中我记得形容小芹的母亲爱打扮的那张脸，最经典的一句就是"驴粪蛋上下了霜"，把那种脸上粉遮不住皱纹形象地表现了出来，还有了戏剧性的效果。这可能是我第一次感受到文学的气息，第一次从心灵深处呼吸到文学的味道，给予了我心灵上的满足。上学这么些年虽然也学语文，也看那些文章，但都没有像那天那样让我感到兴奋、感动。

每天我就躲在家后的麦草垛上，一个人躺在上面，晒着暖洋洋的太阳，感到生活竟是那样美好。那些文章就像是一把把柴草煨暖我的身体，我整个身心都感到温暖和热烈。

这是我去学校看中考成绩的前一天的情景，从第二天我从学校回来后，就又踏入了另一段人生旅程。

自行车拐过一个弯，远远地就看到两栋大楼矗立在这座小镇上，一座是电视台的，另一座是学校的教学大楼。熟悉的身影又一次映入眼帘，我却有想哭的感觉。

学校的大门敞开着，早有很多学生站在校园里。那些都是我一起的同学，对于这次考试他们有的感到满意，有的说没有考好。我一走到那里，就有同学说我这次的成绩，出乎我的意料，数学这个我平日里酷爱的科目，这次却以刚刚及格告终，反倒是平日里最没有长进的语文和政治两科，奇迹般地跃上了八十分。其他化学、物理也如遭遇风浪折船沉海，好在平时基础还算扎实，要不然不知道要落到多少名了。

我在这一年全县280名中考的学生中名列第80名，总成绩是486分，当然不算是高分，但也进了市里定的中专录取分数线。中专录取分数线为480分，我只高出了6分。当时我回来把这个成绩告诉父亲的时候，他沉思着，冷静地抽着烟。在这种时候

他不能说我什么,他知道我已经努力了。

　　过了一段时间,一封邮递快件寄到了我家所在的村委会,是三哥给我顺路带回来的,里面瓷实地装着一沓东西。三哥当着我和父亲母亲的面拆开了信封,抽出了里面的信瓤,里面是一张录取通知书和一封有关录取报到注意事项的信。一时间我被省电影学校录取的消息传遍了整个村子。我成了我们这个村这么多年来唯一一个考上学的,也是我们老万家第一个考上学的。这个消息被老万家的人当成了可以炫耀的事情,说给他们的亲戚街坊邻居听。

　　整个下午,家里陆陆续续来了很多人,都说是为我贺喜来的。那些人看着我说:"真是了不起,我们老万家总算考出了一个!"有的还说我要是在古代那就是秀才了。父亲脸上堆满了笑。然后就是炮鸣声阵阵,院落里的鞭炮纸屑盖了厚厚的一层。

　　直到晚上十一二点,家里的人依然不断,等送走了最后一拨人,父母亲都已累得不能站立。母亲拾掇了街门,父亲早直挺挺地躺在了炕上。我也早去里屋睡了,肚子的饥饿早已被睡意覆盖,我一头扎入梦乡,一觉就睡到了大天亮。

　　母亲做好早饭,我们一家三口又坐在一起吃饭了。吃完了饭,父亲就说:"电影学校,虽然不是太好,总归是录取上了。像你这种性格考上师范将来当个老师是最好的,谁让你没有考上。"父亲说完话把眼睛垂得很低。

　　父亲的话像一根针又扎在我的伤痛处。我低着头一下一下揪着衣襟,一句话都说不出来。本来我是那么想上高中,想让他们再给我个机会,让我证明给他们看!

　　面对我的沉默,父亲像看出了我的心思,就又说:"现在不是中专生也挺吃香的吗?毕业后都分工作。早点出来也好为家里承担点。我们也想让你上高中,知道你是块学习的料,但我们家的情况你也知道,还有你弟弟……"

父亲的眼神深深地刺痛了我，我还有什么好说的呢？我还有什么资格提出我的条件呢？我只能默默地点点头。

走的那天，我记得是九月四号。

我们坐的是夜班车，七点钟发车。母亲一大早就起床，帮我收拾东西。从早上到下午三点我们坐上开往县城的班车，她一句话也没说。当车走出老远了，我把头转向车窗外，从后车窗里我看到一个苍老的身影一直在那里站着，还挥舞着手。我的眼睛禁不住湿润了。我背过身偷偷地擦去泪水，没让父亲发现。

后来，我在一个陌生的城市里求学三年。这三年里，我一想起母亲那一天站在路边送我的情景，我就想哭。我仿佛能听到一个低低的抽泣声，在那座城市夜色深处，那个声音是如此忧伤……

神秘而美丽的文学世界

我对文学真正是心存感激的。这主要是从我的亲身经历来说的。起初,我喜欢文学,是源于一次失恋的经历。当时因为失恋,我几乎处于一种精神失常的状态,包括神情恍惚、记忆力退化,严重的时候已到了间歇性失忆的程度。我时常都觉得自己可能有濒临疯癫的可能,这种感觉一直伴随我长达一年多的时间。在这一年多的时间里,我的神经一直处在极度紧张而又极度疲劳的状态之中。有时候我就想自己可能真的坚持不下去了,甚至都有了轻生的想法,但那只是一个忽然冒出的念头,马上就消失得无影无踪。在久久的忐忑不安和惶恐中,由于对死亡的惧怕我并没有走上一条不归之路,仍然坚持着,并开始在文学的海洋里淘洗自己疲惫的身心。从那时起我开始拼命地看书、写东西,这成了我此后一年学校生活中重要的事情。我通过这种方式来排解心中的焦虑,通过极度疲惫的写作来打发彻夜的失眠。

当我最终从疯狂的精神失常状态解脱出来以后,我就认定我这一生都不可能离开文学了。因为我觉得是文学给了我第二次生命。所以此后,在很多时候,不论是父母反对,还是别人耻笑,我都没有停止过文学的热爱和追求。甚至对妻子也不止一次地说过,在我的心里文学甚或高过你的位置。说这话并不是我要有意伤害妻子，也并不是我不爱我的妻子，而是文学对我的重要性是别人不能理解的。当年在兰州上学的时候，如果不是文学，我恐怕早就疯了，这是事实，是千真万确的。我并没有夸张。当时我基本上已经处于失控的状态，心理畸形，压抑和自闭，已使别人看我如见瘟神或一个精神不正常者。

在没有一个人来开导、拯救我的情况下，是文学帮助我找到了自我。我在自己渐渐模糊的自我意识中，找到了一种全新的感觉，并重新感受到了生活的快乐。

那三年，虽然一直陷于极度的痛苦当中，但想获得重生的勇气已经在我的心里蔓延开来。我从巴尔扎克的《高老头》《幽谷百合》《驴皮记》《欧也妮·葛朗台》等一大批优秀文本中获得了巨大的精神食粮，还有雨果、歌德、卡夫卡、司汤达等世界著名作家，国内的鲁迅、老舍以及陈忠实、贾平凹、史铁生、路遥等著名作家的作品，也渐渐走进我的生活。文学在这一时期显现出对我从来没有过的吸引力，它就像是拥有一个巨大的吸盘，将我紧紧地吸附在它的身体周围。在那一时期，最让我感动的是史铁生的《命如琴弦》和《我与地坛》，这两篇作品使我深受启发。特别是《我与地坛》中，作者对残疾人生有一种由衷的愤怒和悲悯，最后找到生活的目标和理想，这种巨大的精神原动力，给那些活着的人莫大的鼓励。而我，仅仅是心灵受了点伤害的人，那点微不足道的痛苦相比之下又算得了什么呢？就像《命若琴弦》中的那个失明的人，平常人很容易就可实现的一个愿望，在他那里就成了付出一生的一种追讨。

而文学在此时已显现出它使人涅槃重生的巨大威力。我知道我在蜕变，尽管还有短暂的失忆和剧烈的头痛，但像文学中的那些受难者，我知道了如何去忍受，如何去找到今生的去处。我知道，这一次蜕变若不成功，那么我将永远封闭在自己那个狭小的世界里。

　　这么些年，我算是坚持了下来。不但写诗歌，小说、散文都写。诗歌和散文基本是承接了现代文学的传统，在白话文写作的基础上，用词的生涩和语言烦琐在我的文章中很明显地体现了出来。后来经人指点，才逐渐开始阅读大量的当代文学作品，学习当代文学语言范本，也才逐步纠正了前期写作留下的毛病。这一个弯路让我加倍尝到了写作的艰难和孤独。也就是我一直对文学有很高的崇敬感，否则也不会坚持这么多年，在众人的嘲讽反对中，我哪里还能坚持到现在。

　　一直坚持写作总算有所收获，近年不单在市县范围得到认可，还在短短的两三年时间里，我的诗歌在《诗刊》等全国重点文学刊物上发表出来，这算是对我这么多年来文学创作的一个极大鼓舞。就像我的那位文学启蒙老师说的，发表可以促进我们写作，增强我们写作的动力。如果你一直就这么写下去，不发表，终有一天你也会感到厌倦的。

　　当然，对我来说，文学写作不单单是为了发表，更多是为寻求心灵的慰藉，体现生命及自我的价值。我知道自己不过是想通过文学的方式来展示活着的必要。包括我的诗歌、小说、散文，我都力求从心灵的本质出发。我一直认为文学不但需要思想的浸润，更需要心灵的感悟——那里应该还有一个更加神秘而美丽的世界。

人物篇

⊙ 在河之西

ZAI HE ZHI XI

岳父家的老骡子

岳父还在一个劲地吆喝,抽打着那头疲惫的老骡子。这正是夏收最忙的时候,田地里到处都是金黄的麦子和忙碌的身影。现在的人,都是争分夺秒地赶着收割,收割完了还要去打工挣钱,这几年工价好,农民们心里也有了盼头。不像前几年,没处挣钱,也就在田地里左翻弄右拾掇,本一个午头就可以干完的活,硬是要磨上一天,现在不用了,很多人认同了时间就是金钱。在田地里尽量节省时间。以前很多人种地是第一职业,而如今,很多人打工是第一职业,种地是第二职业。但岳父是一个极固执的人,一辈子只知道在田地里捣弄。一来是岳父的身体有些残疾,很多工种他干不了。二来是他压根就没想着要到外面去打工挣点钱。这几十年的生活都是通用一个模式,也造就了他固执的秉性。要么认为他去了挣不到钱,要么认为人家不要他,或认为他不愿在别人的束缚下、监督下干活,他也只好把家里那十亩地种了三十年。这三十年里,他每天都是一个浑身布满灰尘,或永远穿一件晒得发白的蓝色中山装的老农民。

无法理解岳父的那种固执,特别是在思想上。就拿穿衣来说,我媳妇早就给他爹买过几件衣服,但每次他到我家里来,我岳母也说把衣服换了再来,但他却说:"换什么,换来换去的，多麻烦！不换还怕把你的人给丢了？"家里人都觉得他不可理喻，也就不说了。每次他来，他穿什么衣服，再没人管他。而我更是不能说他，一说他穿衣服的话，他就认为我在嫌弃他。每次我看在眼里，却也什么话都不说。我观察了好多回，岳父的这个禀性在他养的那头老骡子身上也一并体现出来。比如脾性暴烈，就像岳父是个直性子人。岳父总是说，你别看这是个畜生，通人性呢。岳父养骡子快三十年了，这头老骡子到他们家也快三十年了。昨天，我岳母说，这头骡子只比我媳妇小两岁呢，套了这三十年的车，也确实是不容易的。就像岳父种了一辈子的地，五十岁了还在种，也不易。

　　也许对岳父来说，骡子拉车，是天经地义的事情，它再苦，也得干。岳父不是也在干吗？岳父也很苦呀。他是苦了一辈子，而这骡子也是辛苦了一辈子。这老骡子可以说跟了岳父一辈子。但岳父似乎并不心疼，有时还用枝条抽它。有时候，我甚至觉得那头老骡子是在受着虐待。我不晓得岳父所谓的通人性是在什么地方，他这样一个人，还能感觉到骡子的灵性？老骡子的心灵怎么能跟他相通？我完全不能理解。但我从另一件事情上，改变了对他的看法，那就是他三十年来每天都给老骡子喂草、饮水，年复一年，日复一日，从来没有断过。也许正是从这一点上，老骡子对岳父还是感激的。有的时候，岳父还拉着老骡子到野地里吃草，那是在农闲时，或没有干草料了。尽管在喂养上并不很精心，但老骡子还是感激的。它完全可能是为了报恩，在岳父面前从来没有发过脾气。

　　在今年的夏收里，老骡子表现得极为疲惫，似乎有些体力不支了，常常走路走得极为缓慢。就像岳父近年也一下子感觉到体力不支一样，再不能干那么重的活了。

　　昨天，我还在向岳父问起老骡子的年岁，意思是它该到"退休"的时候了，但话到嘴边却没有说出来。我怕岳父多了心思，只是默默地为老骡子梳毛。我知道，老骡子一辈子的汗水都凝固在它的那些皮毛里，有的已经在干燥后磨掉了，有的还在。我只是想让它有一个凉爽清逸的一天，但因为除了冬天它几乎一直在繁忙之中，而冬天又冷得让人磕牙巴，就总觉得不能实现。

　　末了，我只能远远地望着它远去的身影，多少有些感叹，感叹老骡子任劳任怨的一生，感叹它忠心耿耿的一生。只是不知道，它还要走过几年这样的人生旅程。对老骡子来说，死或是一种解脱。

老布头的夜

老布头是我给他取的名。他本姓李，叫李宝国。他有着一张尖嘴猴腮的脸，干瘪的嘴时不时地嗫嚅几下，一双小眼睛透着他那个年龄特有的狡猾，而他一脸的褶子，说明岁月已让他度过了大半生。按老布头自己的话说就是，他已经是土埋到脖子的人了，说不上老天哪天就要了他的命。

我和老布头是从2007年的一次打河坝认识的。那时，我已经从工程队分到了渠上。渠上要搞体制改革，为加强技术力量，水管所里就把我调到了一个叫柔远的渠上。柔远渠是在清代雍正年间修的一条渠。2001年黑河节水工程开始以后，柔远渠也重新进行了衬砌加筑，由原来的土渠变成了一条崭新的砖瓦渠。铺砌渠道是国家实施黑河治理的一期工程，但河口治理迟迟没有开始，所以，在我们县上打河坝还是实行全渠上。按行话说就是上的"锅底数"，意思就是全渠的用水农户每家每户都要上人。人们上到渠口要将河道和进水渠的淤填部分进行清理。这是每年必做的一件工作。

每年开春，柔远渠的清淤工作主要就是老布头负责。老布头干这个已经十五年了，从三十五岁干到了五十岁。老布头是渠上的水管工，也就是临时工，工资低，但渠上却把他当主力人员对待。由于他在渠口上的时间长，对渠口上的情况较为清楚,所以,这种清淤的工作一般都由老布头负责。上百号人跟在老布头的身后,老布头穿着一双球鞋,裤子挽在膝盖上,他一边看着地亩册,一边扎着步子给农户分工做记号。工分完了,老布头还要一个一个再验收。

五月份渠上第一轮灌水开始,我和另外的三人一起被分到了测流组,专门负责各村社水量的测算。因为资金配套不到位,加上看护管理不方便,本应在每个闸门里安装的测流仪并没安装,我们便成了流动测流仪,我们要将每个渠道里的水测完,还要把水方算出来,按用水的方量再计算水费。麻烦是麻烦些,但已不用再到农户家中跑要了。那种低三下四要钱的活计,每个收过水费的水利工作者都有深切的体会。现在再不用跑村社了,也再不用受那窝囊气了,真是大快人心的一件事!所以,这一年里我们都是拼着命去干,有时几天睡不上几个小时,累得骑上摩托车都栽进树沟里好几回。

那个肥头大耳的渠长杨万录依旧走到哪吃到哪,村社里巴结他,他却根本不管我们的死活,还放出话来,谁要出一点问题,年底考核绩效工资一分钱都别想拿。记得那时候,我一个月拿到手的工资才七八百块钱,水管所就要从我们工资里扣下两百来做绩效。这么没日没夜地干一通,到头来稍出点事,那两百块钱就没有了,你说冤不冤?我就给那渠长提了点意见,他就把我打发到渠口上。

老布头见我到渠口上来,先是一惊,后一脸笑意地说:"你咋能到这个地方来呢?这是我们老汉头待的地方。"

老布头知道我的来历——中专生,懂技术,测流算水帐,水利上的工作没有我拿不下来的。而在这里,我只能是个溜渠沿、提闸放水的。

老布头小心地问我,"你得罪渠长了?"

我点了点头。

他说,"那人,就好这一手,你还敢得罪他!还是太年轻了!"老布头见我伤心的样子,又说:"好了,别难过了,你先在这待着,这里虽说条件差点,但就你我两个,工作也轻闲,没那么忙,就是枯燥些,习惯了也就好了。你也别往心里去,一切都会好起来的。"

其实,在初来的那些天,我感觉老布头一个人在这里真的挺孤苦的。他一年里几乎大半时间都在这里。这么多年,不知道他是怎么过来的,不说别的,就说吃,得自己去做。我嫌麻烦,加上不会和面,我就买挂面煮,或蒸米饭,炒个西红柿炒蛋,要么韭菜炒鸡蛋,对付着吃饱肚子。我问老布头,他说有时,他也吃不到点上,从渠口到塔尔湾,来回十公里的路,有时查看走一回就是四个多小时,基本都是中午的吃到下午,下午的吃到半夜。这都是常事。

除了吃的问题,一个人住在这个荒无人烟的地方,前不着村后不着店。我观察过渠口管理房那个地方,一院房,北面靠河,中间夹着的地方开了地;西面是临泽人开的地;南面也是,再往南有条大渠,过了渠,有人家,但离这有两里多路;东西有一条小路可到南边的渠和村庄,也可以到镇子上去。我买吃的基本上都是从这条路到镇子上去的。而不远处的几个坟堆更显得这里荒凉。是的,太荒凉了,太孤独了。

挨过了八月,九月又是雨水最多的时侯,连着下了四五天的雨,洪水就从河道里奔下来,将河灌得满满的,就连河道中间的夹心滩也上了水。本来是闲滩,但现在夹心滩上被临泽人开了地种了苞谷。临泽人天天找来说,再泡就把他们的包谷泡死了,泡死是要赔的。

我们心里都忍着,明知那夹心滩是不允许开荒种地的,《中华人民共和国水法》上明确规定:河道附近和河道内是不允许从事农业生活或其他生产活动的。无奈这渠是从人家地盘上过的，人家的理由比你多。不但如此，就连我们县上的几座水库里也种上了人家临泽县人的蚕豆，每年六月二十日前，我们县的人必须把水库放干，迟一天就会影响人家临泽人种蚕豆，就要按产量赔给人家。在八十年代，为这事两县人就打过一回官司，还惊动了省上。临泽人说渠、库都修在他们地界上，对他们有影响。最终两县人商议定下了渠可用，河道夹心滩和水库可种粮食，以弥补临泽人的损失。当初之所以选择在临泽开渠修水库，也无怪乎是考虑上游水充盈，但在后来却有诸多的麻烦和不便。

这几天雨下个不停，河道里满河的水走了一星期雨还不见小。渠长杨万录上来两三趟，每一回来都被临泽人围住，僵持不下。杨万录还问老布头说，"老陈，是不是你给通风报的信，我一来，他们咋就知道了？"老布头一脸的委屈相说，"我说那干什么？你来，从人家街面上走，哪个还不把你认出来啊？"

杨万录倒也不再纠缠，还是着急起怎么把水退了去。杨万录又说，"天气预报说明后天还有一场雨，这次下完天才晴，上面再有泄的地方吗？"

老布头说，"排洪沟早被人家填了开成地了。口上的五孔泄水闸都提到了还是不行，唯一能排的，就是从丰稔渠和站家渠里走一部分，然后再泄到河里，这样可以减少我们渠里的来水量，临泽人的地里进的水也就少了。"

杨万录点点头说，"嗯，这样也好。这两个口都在我们的上游，这段时间这两个口一直闭着，可以联系一下。我们的渠里的水也继续往下泄，今天回去我就给所里汇报，让丰稔、站家两渠都开口。"然后，杨万录又望了我一眼说，"你们两个要时时监控渠口来水情况，时时给我汇报。"

老布头和我都满口答应。

当天晚上，老布头抱了一卷铺盖，说晚上就不回来睡了，

他睡闸上去。

我说,我也去。

他说,闸上就那么一个小房,只有一张床板,只能睡一个人。你就安心在这里睡吧!杨万录要问起来,有我呢,我时时会看的。我心里一阵感动。

第二天一大早,我煮了泡面,喊老布头来吃饭。吃完了我到闸上去看着,让他到房里休息下。但他却说,不困,还说,要到塔儿湾再去看一下。老布头就又骑着他那辆破自行车走了。我也去了闸上。远远地就听到宏大的水流声,像谁擂的鼓,震天响。我挨个查看了一番,没啥事,就走下闸,来到闸下一个很小的红砖砌的小房子旁。我猜,这就是老布头昨晚睡觉的地方。老布头走时给了我一把钥匙,说是这小房门上的。我打开门,看到里面很狭小,门口堆放着一只塑料桶和一把铁锤,一盘铁索,一块白杨木板拼成的床板放在地上,床板三边离墙壁的距离没有多少,床板再大一点,都没法放下。老布头的铺盖就放在上面,想到老布头昨晚就睡在上面,不由心里生出一股敬佩。不过水利上的人都有这种奉献精神,睡闸上、睡渠沿这种事常有,谁还去讨价还价,基本上是领导安排在哪儿睡就在哪儿睡。我在刚上班时,碰上国家重新启动黑河均水,为确定年内顺利完成黑河均水任务,防止村社有人偷水,水管所所有正式人员一人一个渠口,睡在口上看守。那些渠口也都是四临不见人烟的地方,而我看的那个渠口连个住的地方都没有,最后,是在渠口闸近旁的一个早年人家遗弃的瓜棚里睡了一个月。所以,大家常说水利上的人苦,并不是干的活有多苦,而是工作环境和条件太差了。有时候,我也感到自己憋屈得很,怎么就干上这么一份工作?!虽然是这样一份连自己都瞧不上的工作,但在村社里和老百姓聊天时,一问起我的工资时,他们露出的羡慕的表情和"啧啧"的声音,让我在他们面前倒有了一份优越感。很多年里，也就是这份优越感让我一再地坚持下来。老布头应该也一样，他一定也找到了干这份工作的优越感，或者他心里还有其他的期冀，能在如此艰苦的环境下领着低廉的工资，依然坚持着。

在闸上待到十一点多我就到管理房去蒸大米饭了，直到下午三点多才看到老布头拖着疲惫的身体走进来。

我指着炉子上的锅说，锅里有饭。

他似乎并没有多余的力气说话，蒙着头取了碗筷，盛了饭菜就在一旁的桌子上吃起来。

我给他倒了一杯水，放在他的面前。

老布头吃了些热饭，喝了些热水，似乎觉得有了些力气才开始说话。他说，自己一个人，有时候跑上一个来回，大半天就过去了。后来，我随老布头到塔尔湾跑过几回，路的确不近，白天还可以，尤其是晚上，很多地方都没有路，磕磕绊绊的，只能步行。有时，走个来回，那就是一晚上。我们的主要任务就是将闸口、桥、涵淤填的草棵树枝扯开，以防止桥闸口被淤，水漫上渠沿淹了人家的地。如果因淤填而发生水事纠纷那就是我们的责任，不像渠口的夹心滩上水，那算天灾，而这就算"人祸"了。

所以，老布头也极为小心，从他的身上，我看到了认真二字。很多时候他都亲力亲为，有时我也看不过眼，看到他很累，要么就骑上摩托车驮着他，要么我一段一段去查，毕竟我骑摩托要比他骑个自行车省力得多。老布头这么多年就靠着一双脚，走上走下，也的确是不容易的。特别是一年里最后的那次行水，夜晚的空气寒气逼人，有时我们要在渠沿上点一堆火取暖。两人在寒夜里就等在那，时不时在塔尔湾的桥洞上看一下。在那样的夜晚，除坐在火堆旁打瞌睡，就是无聊地想这么多年老布头他一个人是怎么过的。如果是自己，能不能做下来。我猛然

之间,觉得面前这个小老头有比别人高尚的地方。

那晚,在回去的路上,我便问起老布头家里的情况。

他说,儿子在外打工,妻子前两年就得病死了。所以,他回家和呆在这里一样,反正也是一个人。

老布头的话像一枚枚铁钉楔在夜的深处。

我仿佛能感受到那个在黑夜里无限孤独的老人。

十二月下旬,田里的冬水打完,我和老布头才闲下来。该闭的闸都闭了,该开的都打开,日子一下子仿佛消停了,也一下子美好了起来。我每日坐在渠口管理房院子的太阳下,晒着暖烘烘的太阳看书,而老布头晒着太阳抽着烟,烟雾顺着阳光的缝隙一缕缕升到天上。我看到了他惬意的神情。

老布头说,一年里只有这两天才算是个日子。

隔天,老布头说儿子回来看他了,他要回去待两天,让我在这看守两天,他回来了,再让我回去呆两天。我欣然答应了。

每天依旧是米饭挂面西红柿炒蛋,把日子过得简单而有滋味。

一日,太阳已偏西,临近黄昏,我正坐在院子的方桌前看书,听到一阵敲门声。知道这里离附近的庄子远,一般是没人来的。我也正犯嘀咕,走过去顺着门缝就看到一个面庞青黑的女人站在门口,猛然看上去她的肤色有些不正常,把我都吓了一跳。

我本已伸向门扣的手又缩回来,问道,"你找谁啊?"

那女人说,"我找老李,李宝国。"

我顺着门缝看到女人在说到李宝国时,脸庞上的羞郝,并发现女人眼神的游移。大约猜到是怎么回事,便说道:"老李不在,他回家了,过两天才能来。"

女人"哦"了一声,在门口伫立了一会儿,不知道做什么,最后才嗫嚅着说,"完了我再来吧!"

后来，我一直想，这个女人是不是老布头的相好？这个女人若不是肤色不太正常，也是村里面长相不错的女人，而且女人的年龄并不大，老布头是如何攀上这样的女人的？

本来，老布头回来我要问他，但那个冬天，我们轮流值了两回班，就没有再见面。

开春的时候，渠长杨生录对我说，下面人紧。我就又被安排到测流组里，继续测水去了。

老布头见我的时候仍是满脸褶子堆笑地说，"我说么，咋能把你留在那个地方！"

我笑而不答。

在老布头转过头去的瞬间，我看到他眼角里有晶莹的东西，他的背影也孤独得像暗夜里的那片河岸和石头。想想，在没我的时侯，他得一个人面对冰冷而漆黑的河岸，以及塔尔湾和渠口上游的石头坝。他没得选择，这也正是他常常沉默、一个人坐在那里抽烟的原因。本来我的到来，让他升起了一点希望，至少让他不再那么孤独。

看着老布头孤独的背影消失在晨光中，我久久站在那里，内心里涌出一丝难过和歉疚，好像是我欠他的。我仿佛看到，老布头周身的那片夜色更加沉郁，他在那片夜色里再也不能抽身。不论是走在河口上，还是走在渠道上，那支叼在他嘴里的烟头始终不能燃尽，那片夜色却有着揪心的孤独。

灯下母亲

我从来没有认真地观察过母亲。现在的母亲银丝白发，已经苍老了许多。母亲的身影时常在我的脑中浮现出来，且越来越清晰。而其中给我留下印象最深刻的就是灯下母亲的身影。

那是我上初中时的事了。那时遭逢家庭变故，我很长时间都见不到父亲，陪我的只有母亲。因为小学毕业的那次考试受家里影响，没有考好，自己便从心里暗暗下决心，一定考出好成绩来回报父母。从那一刻起，我仿佛一下子长大懂事了，而且忽然之间好像对学习萌发了巨大的兴趣。特别是对数学，每晚做题做到深夜十一二点都不困，有时甚至做到凌晨一两点。而旁边那个一直陪伴我的人就是我的母亲。

从我开始做作业，母亲就一直坐在身边。母亲一边手里纳着鞋底一边时不时地看我，也许是母亲看我如此努力，心里也很欣慰。她的脸上会时不时地映现出一副满足和幸福的表情。若论我们当时的家境，真的是贫寒到家徒四壁。父亲是一个水利工人，直到我上初中时，他还是一个临时工，拿着三百多块钱的工资。而家里的其他收入只有靠母亲种地来获得，但那时赋税重，粮食价格也不好，还得靠父亲微薄的工资来贴补。所谓的家也只是有间狭小的"小屋"（我们地方上的叫法，其实就是个套屋。是上辈人留下，前面做客厅招呼人，里面隔出一间盘一炕,仅供家里人睡觉用,基本上是一家人一起睡在炕上,只在孩子大时才分开。由于空间小,所以当地人把这种房间叫"小屋")。

小屋灯光昏黄,虽然架了电灯,但为了省钱,只安了十五瓦的灯泡,光线也就比以前煤油灯亮一点。即使如此,有时也还有限电停电的时候。电没了,只能点煤油灯。这个煤油灯一直陪我上完了初中,就像一直不离不弃陪伴我的母亲。

有时,我做题演算手都写麻了,会看看窗外已经漆黑的夜,再看看母亲一脸的安详,我的心里便又是一阵激励,身体里总有着使不完的劲儿。当夜更深,我还没有瞌睡,但看到母亲为等我实在瞌睡得坚持不住,止不住点头时,我也心疼母亲,让她不要等我,先睡。有时,母亲也是实在坚持不住就睡了。有时,她会说"没事"。一边笑着,脸有些红,继续陪我,好像是对她刚才的打瞌睡不好意思或过意不去。但我知道,母亲白天要去地里干活,晚上还要陪我,已经着实很累了。有时我会执意让她先睡,哄她说马上就完了。但我知道,一做起题来,我又忘记时间了。当母亲睡了一阵,发现我还在做题时,一看表,已经十二点多了,她就催我早点睡。母亲一过十二点就催我,她不想让我太累了。后来,她也不再相信我,而是一直陪我。

我猜想,当时母亲一直的陪伴,一是督促我不要过分熬夜,担心我身体吃不消,另一种可能就是担心我害怕。我和母亲交流得少,虽然话不多,但我们母子俩也是心连心,相互懂得,相互关心。在母亲孤苦无援很累的时候,我给她捶捶腰,也许在这种时候,母亲觉得再苦,只要有我的陪伴,生活也是幸福的。再看我那样努力,心里会长出无限的劲来。特别是在初一升初二时我捧回一张奖状,那是我由原来刚入学时全年级排名找不到名次,到后来短短一年时间逆袭,上升到全年级第四,学校给奖的。母亲看到奖状时,高兴得眼睛都湿润了。我知道唯有此时，母亲才是最高兴的，唯有此时，我才觉得对得起父母的辛苦养育。

此后，母亲在那个昏黄的灯下依旧陪我。有时，我看到她瞌睡到极致时，却依旧在坚持，有时她会累得靠在被子上睡去。我不忍心叫她，心想着就让她多睡会儿吧。但当母亲醒来后却还是一脸愧疚，一个劲埋怨自己怎么又睡着了。这时，我便会说："没事。"

这一陪伴，一直到我上初三，在学校住校，母亲便再不用晚上陪我了。但每当我学习时，我总感觉身边像少了什么，一开始还有些不习惯。

上初三后，母亲的陪伴从晚上变为了白天。由于课业紧张，中午从学校赶回家吃饭，刨去来回路上的时间，我有四十分钟的午休时间。为保证学习精力充沛，午休的这四十分钟是雷打不动的。因为没有闹钟，只能让母亲叫我。因害怕我迟到，母亲也只能坐在身边等我，一边看我，一边看钟表。就像两年前的那片灯下，母亲等我的身影。后来，父亲曾不止一次地提到母亲在我上初三时中午看我睡觉，瞌睡得不能自已。其实在我心里，何止如此，母亲在过去曾陪我度过了多少个夜晚，也何曾不是这样过来的。

母亲灯下安详的身影早已深深烙在我的心里。很多年过去，如今我已经成家立业，有了自己的生活，但仿佛母亲一直陪在我的身边。特别是在夜深人静夜读时，母亲灯下的身影依然会浮现在我的脑海里，就仿佛母亲一直陪伴着我，从没有离开。

怀念外婆

我从一个娇小的身影上体味到与母亲一般慈祥的爱来，这是一位老人所给予我的——她正迈着蹒跚的步履，从门里迎了出来，欢喜地将我抱起……

母亲支好车子，然后与外婆一同走进屋里去。外婆与母亲急迫地交谈着，相互问起最近的生活状况，都各自说好。而此刻的我，正被外婆抱在怀里。我紧紧地依附着外婆的身体，搂着她的脖子，俯在她的肩上。然后，我又被外婆放到膝上，她的双膝不停地抖动着，手抚摸着我的小脑袋。老人仍然一脸的欢笑，虽然脸上已布满皱纹，但那笑容的背后所经历的沧桑岁月，都在这笑容中变得极为坦然。当然了，在自己疼爱的女儿面前，哪里还有什么愁苦不可舒展呢？每一次来时，母亲不是帮外婆洗一洗衣服，就是到地上帮外婆干点农活。

从我懂事起，我每天都叫嚷着要到外婆家。因为那张熟悉可亲的面孔很早就在我的脑海里晃动，甚至在我未出世之前，她也曾一样地细心照料着母亲和我。因为父亲是钻井工人，常年在外地搞钻探打井，回家的时候几乎很少，家里又再无其他人。母亲只好将外婆请到家里，以免母亲在生下我之后无人照管。外婆看到母亲常常一人守在家里，怀着我已六个月了，还要到地里去干活，很是可怜母亲的孤苦。所以，外婆将母亲照

料得无微不至。直到我出生以后四个月了,外婆才走。

每当母亲回想起这些的时候,她总是怀着一份感激来。她说外婆让她上学,在几个姐妹中,她的文化程度算是最高的了。尽管外婆也曾阻挠,但她还是让母亲读完了初中,这让母亲一生都受益匪浅。

而我对外婆的怀念,莫过于外婆给我做的剪纸——她很准确地将贴在门上的画上的人物剪下来,像一个个活生生的人。每一次,我都拍着手赞赏外婆高超的手艺。尽管后来,我长大了,外婆再没有给我做剪纸。而当我学着外婆的样子把门画剪给弟弟,哄他开心的时候,却不是将画上的人断了手足,就是剪得失去原貌,这使我很觉得扫兴。

时至今日,外婆已去世一年多时间,但外婆的声音仍然萦绕在我的耳畔。我一直怀念着她。当我听到外婆去世的消息时,我的心犹如跌落到万丈深渊,它所背负的悲痛远远超过任何时候。

记起到外婆家的最后一次,是我放寒假去看外婆。那时,外婆已病得很重,腿脚明显不便,因为外婆患有类风湿性关节炎,手脚都已麻木。当我见到外婆,看到她沧桑的脸庞时,我的眼泪禁不住流了下来。

外婆揉了揉眼睛,才看清是我,惊讶地半带了高兴半伤怀地迎了上来。我才想起,已有一年多的时间,没有到外婆这里来了。

那一次,我陪她睡在土坑上。就在我毕业的那一年,她离开了人世。

我写诗悼念外婆,伫立在外婆的坟前,无助地流了很多泪。只是人离去之后,才感到痛惜……

乡村的背影

阴霾的天空，黄昏暮后，暗淡渐渐融化了乡村的背影，只有几处暗影，连同那些树的影子，一同与黄昏在电线上颤动，准备与栖落的鸟一同归巢。远处的山丘，圆形，突兀地，一起一伏，像谁喘动的肚腹。黄昏的乡村味道是新鲜的，夹着些驴羊牛粪沫烧灼的气味。我在猜想，此时，一定有一个女人正坐在暖和的炕上纳鞋；男人则囫囵地躺着，渐渐在土炕的温暖里进入睡意；而小孩则不知疲倦地在房间里玩耍——这就是村庄的温暖，乡村的幸福！

我伫立良久。很久了，我都不曾从那渐渐黑下去的暗影里，从乡村的气味里走回来。我只想好好端详它看我的眼神，用我的鼻息、神经来触摸乡村，那个立体的、在我的脑海里翻覆的栩栩如生的背影。

不知道，今天它为何如此稀罕，就像我又看到多年前的一副身影——

也是这样的一个黄昏，母亲在屋前屋后忙碌着，那个破旧的房屋，依然在生活的背后静默着，父亲依然没有回家来。所以，屋里的气氛显得格外单调，以致有些死沉。我感到孤独，感到身体里一下子涌起一丝寒意。暮色渐渐降下来，母亲端着做好的饭，我囫囵吃过，冷才从身体里渐渐被驱走，我也才从

母亲疲惫的身影里看到些许的温暖。晚饭后，我一股脑儿爬上母亲煨得暖烘烘的热炕，等待母亲的到来。母亲洗完锅碗才拖着疲惫的身影走进屋里来。母亲上了炕，我就那样偎着母亲，本想和她说会儿话，却很快听到母亲轻轻的鼾声……

那也是一个冬天的傍晚，阴霾、寒冷，如此地相像，唯一不同的是，我如今变成了一个人。是啊，我已经长大，已经能够离开父母的怀抱了。而母亲呢，她也变成了一个人，她的孤独呢，我能理解吗？在过去的五年里，我离家去外地找工作，却始终没有时间来陪伴她，她的心里该有多么的孤单。望着眼前的身影，我依然牵挂乡村那单薄的身影，似有些苍老，面目也有些沧桑。

我的眼睛顿时湿润了，眼泪止不住往下流。这个村庄的背影，我想把它的那种静穆镌刻在脑海里，其实，我已经有了它的一张老照片，因此，今天我才如此地受触动。

当又一个冬天到来的时候，不管是刮风下雨，我还是愿意每天坚持在这向它望一会儿，每天它都好像有些不同，每天它都好像悄悄地改变着什么——从明亮到暗淡，到隐没，再到明亮、清晰……如此周而复始，我的生活也周而复始，我的记忆也周而复始，反复地映现那个画面——她，我的母亲，那副衰老的身体，蹒跚地走着的背影。